傷魂（しょうこん）

―忘れられない従軍の体験

宮澤 縦一

Miyazawa Juichi

はしがき

私は今も、よくまあ無事に還れたものだと自分ながら感心することがたびたびある。九死に一生という言葉があるが、私は比島（フィリピン諸島）でこの九死に一生を体験した。

「無事に帰ったら、この苦しみだって良い思い出さ」と語り合った戦友たちは恨みを遺して、彼の地の土と化してしまった。死別してしまった今、私は再び戦友たちとあの恐怖の思い出を語り合えないのを心から悲しく思っている。敗戦後一年、まだその生死すら判明しない戦友たちもたくさんいる。私はこれらの人たちのすこやかな帰還を日夜衷心から祈念している。

赤紙一枚で駆り出され、鉄拳と悪罵の下でさんざんに酷使され、そのあげくが、陸空海の猛攻撃の前にほとんど裸身に等しい姿で晒され、真に筆舌に尽くしがたい労苦の数々を味わい、身の不幸を嘆いた激戦地の敗残兵たちのあの深刻な苦悶も、あの痛切な叫びも、今もってほとんど何一つとして日本の国には正しく伝えられていない。

遺族たちはどんなつまらないことでも、現地の事情を心から知りたがっている。

私は生還者の義務として、思い出してもゾッとするあの過ぎしころの悪夢のような出来事と、現地の実相を、たとえ筆は拙くとも、ただ有りのままに世に広く発表したいと厚顔にも筆を執ってみた。しかしここでは、特記すべきことのほかは詳細を避け、できるだけ簡単にこれを取りまとめてみた。後日機会を見て、私はここで語り得なかった比島各地の捕虜収容所の話や、現地人の日本人に対する反感などについて、改めて記述してみたいと思っている。

敗戦一周年を迎えて、私はただ一人、あれを想い、これを想い、本書が世に出る機会を得たことを種々の意味で真実喜ばしく思っている。

傷魂——忘れられない従軍の体験 ＊ 目次

装幀　滝口裕子

本書は昭和二十一年十一月、大阪新聞社東京出版局発行の復刻です。一部に差別的表現がありますが、当時の歴史認識からそのまま使用したところがあります。貴重な戦争体験を忘れないように、特に現在の若い人たちにも読みやすいように、元の文を極力生かしながら、分かりやすい表現に変えたところがあります。また、小学上級生から読めるように振り仮名をつけました。

中国
北朝鮮
韓国
日本
東京
熱海
門司
基隆
台湾
バシー海峡
マニラ
ルソン島
ベトナム
フィリピン
レイテ島
ルパング島
セブ島
ミンドロ島
ミンダナオ島
サンボアンガ
カガヤン（デオロ）
ダバオ
コタバト
パプアニューギニア
ラバウル
インドネシア
ガダルカナル島

一　奴隷船か、地獄船か

一昨年の端午の節句、詳しくいえば昭和十九年の五月五日に私は赤紙を受け取り、中二日置いて八日にあわただしく教育招集でなじみ深い目黒の部隊に入隊した。入隊した翌日から、私たちは毎日毎日、外征の準備に忙殺された。略帽、襦袢、袴下（ズボン下）など、支給された被服類や私物類にまで自分の姓名を縫い付けるような、細かな用事までがずいぶんと多く、来る日も来る日も、これということなくただ同じような忙しい日を迎えては送り、迎えては送りした。

こうして諸準備を整える一方、私たちにはもちろん訓練も実施された。入隊から外征の日まで、私たちの訓練はほとんど二種類に限られて行なわれた。その一つは対空射撃で、他の一つは縄梯子の昇降であった。何分角とか何とか、難しいことを長々と説明された後、私たちはいつも土の上に仰向けになって小銃の射撃をずいぶんと練習させられたものだった。しかしこのような子供の遊びのような行為が、実戦ではほとんど何の役にも立たないことを後になって、カガヤン初空襲の際、実地にそれを体験したのであった。ちょうど日本本国の人たちが防空演習に駆り出され、バケツリレーなどを懸命に励んだのに、それが実際ではほとんどこれというほどの効果もなかったのと同じようであったというように。

実際、縄梯子の訓練にしても同じことで、訓練はまったく猛烈そのもので、ちょっとでもうまくいかないと、怒鳴られたり投げ飛ばされたりするので、まったくうんざりすることもたびたびあったが、なにしろ場所がこわい軍隊なのと、輸送船の遭難の際にはこの訓練がおおいにモノをいうと聞かされていたので、誰もが真剣にその昇降を練習したものであった。

こうした猛訓練を二十日あまりも受けた私たちは、五月末、東京を発って、北九州の門司でいよいよ問題の輸送船に乗り込んだ。

「あゝ堂々の輸送船、さらば祖国よ栄えあれ……」

戦時中、全国の老若男女に愛唱されたこの「暁に祈る」で何度か夢みた輸送船、スクリーンでは数多の護衛艦に護られ威風堂々洋上を征く輸送船。船中では毎日のように演芸会も開かれ、売店があり、何でも食べられると聞いていた憧れの輸送船。途中の列車の中で、私たちは古兵たちから、船にさえ乗り込めばもうしめたものだと聞かされ、この輸送船に乗るのをどんなにか楽しみにしてきたことであろう。だがしかし、憧れの輸送船も聞くと見るとは大違いで、乗ってみれば、兵隊にとってはまさに奴隷船とも地獄船とも思えるほどのひどいものであった。

数隻の軍艦に護衛された十数隻の大輸送船団の姿は、外見はたしかに歌の文句をそのままに堂々の輸送船ではあったろう。しかし船中の兵隊は、「兵隊さんよありがとう」などを何回歌われても割が合わぬほど、まったく生き地獄の苦痛を味わったものであった。支那事変（日中戦争）の初期から大陸で数年務め上げたという古豪たちも、すっかり参って手を上げてしまうくらい、それはものすごいものであった。

私たちに割り当てられた部屋というのは下も下、船底に近い最低の場所であった。風通しの良い上甲板などはもちろん偉い人たちによって占められ、私たちのような者が上がって寝ることなど絶対に許されなかったことは言うまでもない。しかし、私たちに当てられた船底のこの速製室も、それでも二度目に乗り込んだ輸送船に比べれば、板敷きで安定していただけにはるかにましであったのだった。

私たちが遭難後、基隆（台湾北部の都市）から乗り込んだ二度目の輸送船日鐵丸では、私たちの居室としては船底にバラバラに積み込まれていた食糧品や薬品の木箱の上が割り当てられた。それゆえ私たちはその船では、休もうとすれば足が頭よりはるかに高くなったり、胴体が箱と箱の間のくぼみに落ち込んだり、とにかくいつも不安定で、体が痛んで弱り切ったものだった。

しかし最初の船でも、板敷きの上にいつも寝られるわけではなかった。運の良い者が交代でその板敷きの上に寝られたにすぎなかった。坪（約三・三平方メートル）当たり十三人から十五人の割で詰め込まれたのでは、そうするよりほかはなかったのであった。お話にならない狭さで、その混雑はまったくたいしたものであった。坪当たり十五人では寝るどころか座るのさえも精一杯である。しかも数貫（一貫は三・七五キログラム）もする大きな装具から雑嚢（色々な物を入れる袋）、水筒、帯剣、鉄帽、小銃などと弁慶の七つ道具以上に数多くの持ち物を、兵隊たちの誰も彼もが所持しているのである。それらの荷物の置き場所さえない。仕方がないので、皆で協力して天井からそれらを吊り下げるようにしたが、その天井がまた頭とすれすれぐらいに低いのだから、荷を吊るしたらその下は這い回らなければならないようなしまつであった。

船底はただでさえ温度が高い。船が南に進むにつれ、鉄板が日に焼けるためか、その暑さはまったくものすごい。そのうえ炊事場からくる水蒸気と多人数の人息とで温度も高く、兵隊の一人残らずが汗まみれになって、弱り切った金魚のようにハアハアと荒々しく呼吸するようなありさまであった。汗は絶えずジワジワと流れ出てはいたが、食事時の汗は流汗淋漓という形容も顔負けするくらい、泉から水が湧き出るように噴き出たので、何度もハンケチで顔を拭わなくては目に汗がしみて食事もできないというひどさであった。

　食事が終わるやいなや、兵隊たちは船首のいくらか風通しの良い所に飛んで行って、思い切り深呼吸をした。昼間は燈火管制の必要もないので、開いている船腹の丸窓に顔を押し付けて、良い空気を代わる代わる吸い込んだものであった。少し長く丸窓に顔を押し付けていると「長いぞ、もう交代しろ」と後ろから怒鳴りつけられるようなしまつであった。食事後はきまって兵隊たちは一斉に船首に行ったり、丸窓の方に行ったりするので、食器洗いの者や便所に行く者らと入れまじって、その混雑ははなはだしいものであった。

水でも苦しんだ。冷たい水が飲みたくてたまらなくても、一兵卒（下級兵士）では簡単には入手できないので、皆、ぬるま湯で咽喉を潤してはがまんした。しかしそれでも、この船では湯がもらえただけ結構な方で、後で私たちがマニラからカガヤンに向かう時に乗船した輸送船では、水も湯も食事時以外はもらえなかった。そのため鉄管からポタポタしたたり落ちる水滴を根気よく飯盒（底の浅い炊飯兼用の弁当箱）の蓋に集めて、コッソリ飲んで見つけられ、十ばかりもビンタ（平手打ち）を喰らってカボチャのような顔に変形した兵もいた。また、飯盒に紐を付けて海に落とし、海水を汲み上げて飲もうとして、誤って飯盒を海に落として古兵たちから殴られた兵もいた。

便所も一苦労だった。もちろんこれも行列で、日中は二時間近くも待たされることがたびたびであった。夜中は日中よりはいくらか良かったが、それでも一時間くらいは優に待たされた。そしてきたない話だが、便所はいつも付近いっぱいに汚物があふれていて、まったく共同便所以上の穢らわしさをしめしていた。

服はいつも着たきり雀で、いかに暑くても上着を着て、巻脚絆（細長い布を足に巻き付ける物）を巻いて、いつ海に飛び込んでもよいように、乾パンと帯剣を身に着けて、救命胴衣を胸と背に着用しているので、誰の服も汗と垢とで汚れてクシャクシャになり、汗がひどい者は下着が肌に付着して取れないほどであった。それにいつの間にか虱がわいて体中をムズムズ這い回るので、兵隊という兵隊はまったく誰も彼も惨めな姿と変わっていた。

しかしそれでも昼間はまだ良いが、夜になるとそれこそ地獄船はいっそうそのきびしさの度を増した。なにしろ前に述べたような狭さで、兵隊たちは寝る場所も十分でないので、夕食がすむと、もう休む場所を探し求めるのが本当にひと苦労であった。下級の兵隊たちは夕食が終わり、良い空気を吸い終わると、日が暮れぬうちからもう早速浮袋を首に寝場所探しに船底をウロウロとうろつき始め、手ごろな場所にねぐらを求めて休んだのであった。高々と積み重ねられた米袋の上、筏の上、石炭の上、野菜の上、どこもかも一つ星や二つ星（二等兵や一等兵）の兵隊たちでギッシリであった。良い場所が見つからない兵隊たちは通路に寝たり、階段に腰かけたりして眠りを貪ろうと努めた。

しかしそれも、夜中に便所に往来する人たちによってたえずおびやかされ通しであった。週番にでも見つけられれば頭から怒鳴られるしまつであった。便所帰りの糞だらけの靴で体を踏まれるのも気にかけない者も、週番の一喝にあっては起きないわけにはいかず、叱られて眠い目をこすりこすり浮袋をぶら下げて、また寝場所を探し求め、当てもなく薄暗い船底をウロウロ歩き回る兵隊たちの姿は亡者さながらの哀れな姿であった。

積み重ねられた自動車の屋根の上にも車輪の間にも兵隊たちは折り重なって横になっていた。ドアを開いて入る座席の所は服に金筋の入った偉い人たちの専用であった。仮設便所の屋根の上にも、また馬の寝藁の中にさえもソッともぐり込んで休む兵隊たちもいた。夜通し何度も場所替えしてやっと休んだと思う間もなく、起床で点呼である。来る日も来る日もこうしたことの連続で、疲労と睡眠不足が兵隊たちを極度に不健康にした。

こうした環境で、不健康勝ちの下士官は古兵たちを叱り飛ばせば、古兵たちはまたわけもなく初年兵たちに当たり散らし、あちこちでビンタの音がするようになり、病人は続出し、熱病患者や海に飛び込むと言ってきかない発狂者さえも飛び出すありさまだった。

兵隊の生命などもちろん虫けら同然で、ここでは陛下の赤子もまったく粗末に扱われた。人権も糞も軍隊ではまったく問題とならなかった。階級が低いというだけで四十近い年配の教養ある紳士が二十歳前後の野卑文盲の徒輩に顔が変形するほども痛めつけられることなど少しもめずらしくなかった。

日本の軍隊では徹底的に階級がモノをいった。たとえどんなに正しい理由があっても、下級者は星一つ上級の者に対して弁解することさえ許されなかった。下級兵たちは、この輸送船こそまさに「昭和の奴隷船」だと陰口を言い合った。二等兵の一人が、良い空気が吸えて、水が飲めて、手足が伸ばせて休めたら、死んでも満足だと言ったところ、みんなが一斉にそれに共鳴した。洗顔なんて贅沢は言わないが猪口に一杯の水でも飲ませてくれたらなあ、と言い出した者もいた。あたかも今私たちが何かにつけ食物の話をするように、当時私たちの話題は良い水や清い空気に関することが圧倒的であった。

夜、船の燈火管制は徹底的であった。すっかり閉じられた薄暗い船底の蒸し暑さは、日とともに病人続出に拍車をかけた。しかしこの苦難の航海も、天候に恵まれたがために緊張の中にも平穏に過ぎていった。

とにかく無事平穏な航海の数日を経過して、私たちは六月を迎えた。兵隊たちは五月中、生命が無事に保たれたことをお互いに祝福し合った。その夜のことであった。十二時も過ぎ、今日もお蔭で一日生き永らえたと私たちが語り合ってしばらくしてからのことであった。私は例によってこの夜も良い寝場所を占領できなかったので、叱られるのを覚悟の上で、戦友たちと階段に腰かけて休むこととした。
階段はどの階も、私たちと同じように寝場所にあぶれた兵隊たちでいっぱいで、かろうじて割り込める程度であった。たいていの者は、腰を下ろしたままでコクリコクリやっていた。私も救命袋を首から下ろして尻の下に敷いて休んだ。

ウトウトとまどろんだと思う間もなく、私はダダーンという大きな音とともにミシミシグラグラとひどく体を揺り動かされ、目を覚ました。ハッとした瞬間、また続いてドカーンという大音響がして、またも船がミシミシと大きく揺れた。上の方ではガヤガヤと大勢の者が何か叫ぶ声がした。下の方でも、ワーッという喊声があがり、何が何だかさっぱり分からなかった。しかし直感的に私は魚雷だ、潜水艦だ、と感じた。そのうちに「潜水艦だ」「魚雷だ」という声が近くにも聞こえだした。上の方からは、「甲板に出ろ」とか「早く上がって来い」とかいう叫び声も聞こえてきた。甲板からは何階も下の下の船底である。ドカーンという大音響とともに、燈火が一斉にサッと消えては、もう真の闇で自分のすぐ側に置いた持ち物の在り場所さえも分からない。

しかし真っ暗でも近くの連中がザアザア上に上っていく気配はすぐそれと知れた。下からはモリモリ押し上げてくる。私も大あわてで自分の持ち物を手さぐりで捜してみたが、下から上ってこようとする人たちの勢いに押されてそれどころの騒ぎではなくなってしまった。ただ夢中で雑嚢と水筒とを抱えて肩にかけるや、尻の下の浮袋を引っつかみ、急いで首に掛け、上段の者の背中につかまりながら階段を上っていった。

ボーンという大きな音がして船がまた左右に揺れ、私の体は危うく倒れかけたがかろうじて踏み止まった。階段の端の方の幾人かは、たしかに下に転落したようであった。暗闇の中を前の男にしがみつくようにしながら、私は階段を一歩一歩上っていった。後ろから雑嚢をグイグイ引っ張る奴を力いっぱい振り切った拍子に、雑嚢はちぎれて私の体から下に落ちていった。

シマッタと思ったが、もういかにもならぬのでただただ一生懸命に前の者にすがるようにしてなおも階段を上っていると、今度は浮袋を引っ張る者がいた。

これを取られては海に入っても助からないと思うので、こっちも真剣で、片手では前の男の腰バンドをつかみ、片手では強引に浮袋を握ってる者の手を振り払った。ところが向こうも浮袋を奪おうと懸命に後ろから引っ張るので、強く引かれるたびに私の首は後方に絞めつけられ、体は後ろに反り返る。倒れたり下に落ちたりしたら、つぶされなくても、真っ暗闇では助からない。気が気ではないが後ろの奴も真剣だ。喧嘩腰どころではなく、文字通り必死になって浮袋を引っ張っているうちに、またもやドカーンというものすごい音がして、船がミシミシとひどく揺れた。その際に乗じて、後ろの奴の手をうまく払いのけることがようやくできた。ボーボーボーと汽笛は絶えず無気味な唸り声を立てていた。「だめだ」「しまった」などという怒鳴り声も聞かれた。みんなが必死でそれでも少しずつ暗闇の中を上へ上へと上っていった。

　船尾は盛んに燃えていた。マストも炎々と燃えていた。火が、生きているもののようにとぐろを巻いて、上へ上へと燃え上がって恐怖そのものの光景をしめしていた。

　火の粉がいっぱいに頭上に降り落ちてきた。火の付いた木片や、鉄片がバラバラと飛んできた。胴体がまるで荷物か何かのように上から落ちてきたりした。負傷者が甲板のアチコチでごろごろしながら、「二小隊の第三班」とか何とか、必死の声を張り上げて叫んでいた。

船員は滑る甲板を泳ぐように走りながら、兵隊たちに、「落ち着け、大丈夫だ、あわててはだめだ！」と、怒鳴っていた。消火ホースを持ってうろうろしていた船員もいた。筏は海中に投ぜられた。もうそれより先に海に飛び込んだ気早な連中もだいぶいた。

阿鼻叫喚という詞が私たちの眼前で、現実に具体化された。後方にはなお一隻、炎に包まれた船が見えた。

あわててはいけない、落ち着くのだ、と逸る気を抑えながら、私は自分たちの仲間を探す努力をした。「本船は大丈夫だ」などと叫んで行った者もいた。南無妙法蓮華経！　南無妙法蓮華経！　と夢中でお題目を唱えている男もいた。前を通り過ぎたら、いきなり「貴方もやりなさい、お題目をあげなさい」と言われたのには本当に驚いた。

分隊長が「三小隊集まれ」と大声で叫んでいるのをやっと人ごみの中に発見して、私はそこに駆けつけた。潜水艦からはなお第二、第三の魚雷が飛んでくるか分からないので、私たちはまったく戦々恐々、下船の命令を待って胸を躍らせていた。

こうした間も、後尾に近い方で爆雷に火が燃え移るたびに、グワーン、ボカーン、と耳をつんざくような大きな音がして、パッアー、パッパーと明るく火花が散った。船尾はもうすっかり無く、あれほどいっぱい積まれていた自動車も何一つとして見えなくなった。

船は絶えずポーポーと汽笛を鳴らしていた。この汽笛の音と爆雷の破裂する音は、私たちが救われて基隆に運ばれた後までも、長く私の耳底深くこびり付いて離れなかった。

「縄梯子ナンカなんにもなりはしない」

「あの暗闇で、あんなに押し合っていて、縄梯子も何もあるものか、本当に馬鹿な練習をしたものさ」

「だいいち縄梯子など、どこにあったのだ。誰にも分かりはしない。あの真っ暗闇の混乱を東京の将校たちに見せてやりたかったナ」
とは、救われて基隆の仮宿舎で休養した時、私たち兵隊の口から洩れた言葉であった。また事実、縄梯子を利用した者など誰もいなかった。

日本の軍隊教育には、こうした何の役にも立たないむだな、形式的な教育訓練がずいぶんたくさんあった。朝夕の点呼で、「軍人は礼儀を正しくすべし」と毎日繰り返していても、それはただ形式的なお念仏のようなものであった。軍隊では上官に対する礼儀が一方的に強要されても、上官が下級者に対してはずいぶんと無礼の仕打ちを平気でしたものであった。

「軍人は信義を重んずべし」という軍隊では、官品の盗み合いが員数つけると称して公然と行なわれ、品物を盗まれた者は「取られる奴が間抜けなのだ」として、上官から一喝のもとにビンタを喰うしまつであった。清潔、整頓をモットーとする軍隊では、戦前どこの家庭にも見られなかった虱や南京虫がいっぱいいた。ことあるごとに、適材適所を強調する反面、一方ではよい年配の通信技師や教授らが応召されて馬糞掃除などに酷使され、他方では小学中途退学の読み書きも満足にできない前科と、いれずみを誇るやくざ上がりを、単にそれが星二つの古兵であるというだけで、本部付として事務を執らせるという愚劣を敢えてしたりした。あの長い軍人勅諭を一言一句の誤りもなく丸暗記でき、戦陣訓を空で言えるようになっても、兵隊たちは実際において、その内容と正反対のことを平気でやってのけた。あたかも暗誦と実践とが別個であるかのように——。

御勅諭も戦陣訓もともに実践本位であるべきであるのに、軍隊では丸暗記本位の教育に堕っしていた。この誤れる教育——形式的な愚劣な精神教育が国を禍し、ついには今日、敗戦の憂目まで見るような破目に陥れたのだ、と私は思っている。初年兵たちに挙手の敬礼の角度までを極端にやかましく言って叱る将校や下士官連中の敬礼はいったいいいかであったろうか、無敵皇軍も、陰では兵隊自身の口からして、

「将軍(しょうぐん)商売、下士官道楽、兵隊ばかりが御奉公(ごほうこう)」

と唄(うた)われるようになってはおしまいである。

二　崩壊への道

　五月末門司を発って、六月二日バシー海峡で遭難し、基隆に運ばれた私たちは、そこで武装を整え、八日の大詔奉戴日に、マニラに向け再び輸送船に乗ることとなった。この日午前中に、仮の宿舎であった国民学校を引き払い、私たちは波止場に近い公園の広場でひと休みし、乗船命令の出るのを待った。当初の予定では公園で昼食をすませ、小休後に乗船ということであったが、二時になろうが三時を過ぎようが、波止場に向かう命令は出なかった。そのうちにものすごいにわか雨が襲来した。公園の広場はまたたく間にプールと化し、兵隊たちは地面に置いていた重い装具の類いを肩にしなければならなかった。かついでみたところで濡れるのは濡れるが、下に置いておくよりはまだましであった。濡れた装具はその重量を増した。毛布などは濡れるとズッシリと重い。雨はなかなか止まなかった。頭の頂から足の先まで文字通り濡れ鼠になった兵隊たちは、それでも、銃を少しでも汚すまいと懸命に努力した。その土砂降りでも、まだ移動命令は出なかった。命令のない以上、もちろん兵隊たちは勝手に雨宿りすることなどできはしなかった。兵隊たちは褌から靴の中まで、グッショリ水浸しになった。比島は煙草が高いからといって、安い俸給の中から買いだめた煙草も水浸しでだめになった。「早くどこへでも連れてってくれぬかナア」と、兵隊たちはこぼし合ったが命令は出なかった。

　夜になって、それも十時ころになって、命令がやっと下りた。私たちは波止場に向かった。もちろん、誰もが乗船できるものと信じていた。しかしそれも裏切られた。船の方との話の行き違いか、とうとうその日、私たちは乗船を許されなかった。十二時を過ぎて、私たちはやっと波止場の石畳の上や倉庫のアスファルトの上に、ズブ濡れの身を横たえることができた。しかし、私たちは眠る前に雨に濡れた銃の手入れをしなくてはならなかった。こうして、この夜は、三時を過ぎてやっと就寝するしまつであった。

翌朝、私たちは点呼後早々に乗船を許された。この船も、もちろん対潜準備をやると、歩く場所もないくらい混雑した。この船でも前の船同様、兵隊たちは、顔も洗わず、口も濯がず、渇きに苦しみ、虱に悩まされて暮らした。この船では盗難がしきりに起こり、時計、万年筆から台湾で買った梨の缶詰までが盗まれたりした。

マニラに入る二日前、対潜監視の「雷跡発見！」の叫び声とともに、船が急カーブして大きく揺れ、船から砲も発射され、全員は直ちに甲板に集合を命じられ、異常な混乱の後、警戒非常体制がとられた。この非常警戒が解かれて兵隊たちが自分の位置に戻った時、所持品の紛失でまた大騒ぎがあった。この航海ももちろん、潜水艦の目から逃れることはできなかったが、私たちの船は運よく難を免れて、六月中旬に無事、待望のマニラに到着した。夜の十時近くに私たちは下船した。

この上陸第一歩の感激はまったく後々まで忘れられないものだった。波止場の水道の水も、何にも増して旨く感じられた。波止場から私たちは暗い市街を行進してセント・マリー大学に向かった。スコールが来て、またもや私たちは濡れ鼠を体験させられた。私たちの寝所として割り当てられた大学の教室は、やはり人数に比して狭かった。私たちはズブ濡れの体を縮こめて、折り重なって、久しぶりで、揺れない睡眠を貪った。

翌日、私たちは美しい海岸通りを行進して、シンガロンの終点に近いリザールの競技場に到着した。そこが私たちのマニラの兵舎であったのだ。私たちは毎日コンクリートの見物席の上で寝起きした。そして昼間は、波止場の倉庫に使役に出かけた。煙草をくわえ、博打に耽っている街の子供たちも、私たちを見ると「トモダチ、タバコアルカ、石鹸買ウヨ、靴下高イ」と呼びかけながら寄ってきた。ませた口で「待テ待テ、トモダチ、インバイ、アルヨ、行クカ」などと話しかけてくる者もいた。私たちの目にはすべてがもの珍しく、すっかり南方情調に酔って、使役も教練もさして苦にもならないほどであった。

マニラ滞在の四十日は夢のように過ぎた。この間、私たちはサイパンの玉砕も、東條首相の辞職も知った。また南方向け輸送船の多くが、海底の藻屑と化していくことも知った。物価もこの一月半足らずの間に、実にものすごく高騰した。航海中に船を失ってマニラに辿り着いた軍人や兵員たちの中には、裸足のまま街を歩く者さえいた。比島人はしだいに日本の敗北必至を信ずるようになった。兵隊たちも次は比島だと玉砕を覚悟する者が増えてきた。使役と訓練は強化された。

七月下旬、私たちはいよいよミンダナオ島に向かうこととなった。もうこのころは、マラリヤ、デング熱、熱帯潰瘍などの南方風土病を患う兵隊が相当にいた。重病者をマニラに残して、私たちはさらに南下するため、波止場に向かった。小雨の煙る海岸通りを、一路埠頭に急いだ時は、誰しもの胸に一抹の哀愁が感じられたものか、ひきしまっていて声もなかった。見慣れた建物、想い出の並木道、もうこれも見納めだ。マニラよ、さようなら！　私は小声で「さらばマニラよ」と歌い慣れた小唄を口ずさんだ。

　マニラとの訣別がこうまで名残惜しまれた理由の一つは、行き先にもあった。全島のわずか五パーセントしか開拓されておらず、鉄道一つないというミンダナオ島。ワニもいれば、噂に高い恐ろしいモロ族も、また数千のゲリラもいるという比島最南の未開の島、それが私たちの向かう目的地だった。

　そのミンダナオに向かう今度の船も、また相当のものであった。明治何年かにできた船で、一度沈んだのを引き揚げたとかいうものすごく古びた汚いボロ船だった。あいかわらず坪当たり十数人のすし詰めで、甲板上はもとより通路に至るまで、どこもかも、兵、兵、兵、兵、で、便所通いもひと骨というありさまだった。食事は兵は二食で、将校は三食、将校食には特別の副食がいつも付いていた。

　ネグロス島付近を非常警戒して通過し、マニラ発数日にして、私たちはセブ島に着いた。マゼランが、その壮途半ばで現地民の手に倒れた歴史の島、このセブ島で小休し、航海中の垢を洗い落とし、私たちは八月上旬、目的地ミンダナオ島のカガヤンに入港した。兵隊たちは入港当夜も、疲労しきった体に鞭打って、徹夜で荷揚げ作業をやりのけた。

行儀よく繁茂していた街道脇の草むらに、私たちは天幕を張って露営した。椰子林の日の出、月の出はことに美しかった。しかし、スコールの猛烈な日は水浸しになって、幾夜も一睡もできない日があった。

滞在数日で、私たちの中隊はデルモンテ飛行場建設のため、カガヤンを発っていった。熱帯潰瘍に悩む私は、病弱の戦友約三十名とカガヤンに残された。

飛行場の作業を終えた中隊は、そこからそのままダバオに向けて百里（約四百キロ）の行進をやることとなった。ただでさえ暑い南国の日中を、数貫の重荷を背負い、水筒、雑嚢、鉄帽、被甲（ガスマスク）、小銃を持って歩くことは容易なことではなかった。

何日も何日も、重荷を負って灼熱の太陽の下を、日に何キロとなく歩き続け、雨に打たれ、風に吹かれ、今日はここに駐屯すると決しても、休む間もなく、着くなり露営の準備に取りかかり、設営する一方、燃え木になる枯木を探した。水を求めて炊事をする下級兵たちの苦労も想像を絶するものがあった。バターンの死の行進が色々と日本にも伝えられているが、私たちのこの行進もまた瀕死の行進であった。

兵隊たちは行軍中バタバタ倒れていった。下士官や古兵たちは、倒れた兵隊たちを励ましたり、脅したり、打ったり、蹴ったり、行進を続けさせた。帯剣で頭を割られ、血が戦闘帽を紫色に染めたくらいは良い方であった。腰と膝を銃で叩かれ、化膿して死んでいった者もいた。気の狂った者もいれば、隙をみて林の中で首をくって死んだ者もいた。苦しさに耐えかねて、橋から川に飛び込んだが川が浅く死に損じて引き上げられ、「貴様の体は、陛下に捧げた体ではないか。なぜ粗末に扱う？」と叱られてビンタを喰った者もいた。三十を超えた大の男が、道路に座ってもう一歩も歩けないと大声で泣くような情けない話さえあった。

カガヤンに南からトラックが着くたびに、私たちはいつも幾人かの病人を出迎えた。中には足の裏の皮がすっかり剥げて烈しく化膿し、杖を持ってやっと踵だけで立てるという者もいた。私たちはこうした人たちから行軍の辛苦をつぶさに聞かされ、しみじみ下級兵隊の悲哀を感じたものだった。カガヤンに送り返された者の大半は、日ならずして、軍閥を呪い、上官を怨んで病没していった。

重陽の節句（九月九日）、この日私たちは初めて米機をカガヤンの空に迎えた。ダバオに空襲のあったことをちょっと聞いてはいたが、現実に翼に映画でおなじみの星のマークのある米機を見たのは、この日が最初であった。初めの間は、空襲を知らせる病院のベルがジャンジャンジャンとけたたましく鳴っても、まだ空襲が信じられないくらいであった。この日、米機はグラマン戦闘機だったが、私たちは小銃でこれを攻撃した。しかし対空射撃の猛訓練の効果もなく、その成果は少しもあがらず、逆に飛行機が代わるがわる急降下してきて機銃掃射を受けた。私たちはこの時くらい自分たちの無力を痛感したことはなかった。そしてこれっきり私たちは米軍に向かって発砲する機会を永久に失ってしまった。この日の犠牲者はわずかだったが、この日以来、私たちが一月にカガヤンを出発する日まで、日に数回必ず米機の来襲をみて暮らした。

九月十三日の夜であった。憲兵がオートバイで米潜水艦が来襲して上陸のおそれがあると触れて回った。動けない病人たちは病院の表門の前に雨衣を敷いて寝かされた。チブス、赤痢、マラリヤ、脚気などのこの兵隊たちは、こうして土の上に不安の一夜を明かした。もし米軍が本当に上陸したなら、これらの兵隊たちはそのまま置き去りにされたのであろうが、幸いにして米軍は来なかった。それで翌日、再び病室に戻されることができた。しかしこの翌日、私たち残留者の班長格だった軍曹は、比較的元気らしい兵隊十名ばかりを選りすぐってトラックに便乗し、中隊から離れていってしまった。このころ、空襲は毎日の定期便となっていた。物価は日増しにものすごく高騰し、物々交換は盛んに行なわれた。時計や眼鏡を売って、ピーナッツなどを買う兵隊も中にはいた。私たちは椰子の実やバナナの茎の芯、カンコン、芋の葉などを毎日食べて暮らした。

十月二十日、レイテ島についに米軍の上陸が決行された。レイテに近いカガヤンの市街は、この日、徹底的に空襲された。重爆撃機四機が代わるがわる大きな爆弾を落として飛び去ったとみる間に、小型爆撃機や戦闘機が群をなして襲来してきた。防空壕に身を忍ばせていても、体が吹き飛ばされるようなショックをたびたび覚えた。空襲は反復連続され、カガヤンの街は一挙に破壊され、建物という建物はもちろん、港内の船は一つ残らず徹底的にやられてしまった。昨日までのカガヤンの街は、焦土と化して地上から失われてしまった。夜、この猛空襲を逃れた私たちはホットひと息する間もなく、早速逃げ支度に取りかかった。翌朝早々、私たちはラパサンの丘の麓に移動した。この日の空襲も前日に劣らず猛烈を極めたものだった。この日以来、もう日本の軍票は一銭の価値もない反故同様の紙片と化してしまった。

十月二十五日、小さな軍艦が二、三隻、カガヤン港に入ってきた。レイテ島に逆上

明治からの精神を未来へつなぐ

冨山房インターナショナルの本

日野原重明先生の本

十歳のきみへ
―九十五歳のわたしから
人間・家族・平和の大切さを考える

本体 1,200円
ISBN978-4-902385-24-3

明日をつくる十歳のきみへ
―一〇三歳のわたしから
これからのきみたちの生き方を語る

本体 1,100円
ISBN978-4-905194-90-3

十代のきみたちへ
―ぜひ読んでほしい憲法の本
憲法は「いのちの泉」のようなもの

本体 1,100円
ISBN978-4-905194-73-6

To my 10-year-old friends
from a 95 -year-old me
世界中の人びとに届けたい

「十歳のきみへ」英語版

本体 1,200円
ISBN978-4-902385-88-5

To my young friends,
—Let's learn about the constitutions.
日本国憲法のよさを世界の人々へ

「十代のきみたちへ」英語版

本体 1,200円
ISBN978-4-905194-91-0

働く。
社会で羽ばたくあなたへ
学生にも大人にも発見があります

本体 1,300円
ISBN978-4-902385-87-8

日野原重明のリーダーシップ論
混迷の時代のリーダーを示す

本体 1,500円
ISBN978-4-86600-028-2

株式会社 冨山房インターナショナル
〒101-0051 東京都千代田区神田神保町1-3
Tel : 03-3291-2578　Fax : 03-3219-4866／E-mail : info@fuzambo-intl.com
URL : www.fuzambo-intl.com

〔2019年9月現在〕

★本体価格で表示しています

掲載している書籍は、全国の書店にてお求めいただけます。掲載の書籍は出版物の一部です。書店に在庫のない場合や、直接販売（送料をご負担いただきます）につきましては、小社営業部へお問い合わせください。児童書のご案内は別にありますので、ご必要な方はお申し出ください。

『都鄙問答』と石門心学
―近世の市場経済と日本の経済学・経営学
由井常彦 著
日本的経営の諸原則は石田梅岩にある。
ISBN978-4-86600-060-2
2,400円

社会力の時代へ
―互恵的協働社会の再現に向けて
門脇厚司 著
危機的状況にある人類社会、今何が必要か。
ISBN978-4-86600-048-0
1,800円

死にゆく子どもを救え
途上国医療現場の日記
吉岡秀人 著
アジアで一万人を救った小児外科医の記録。
ISBN978-4-902385-74-8
1,300円

国境なき大陸 南極
きみに伝えたい地球を救うヒント
柴田鉄治 著
地球があぶない！ ただひとつの解決策とは！
ISBN978-4-902385-79-3
1,400円

人類新生・二十一世紀の哲学
人間革命と宗教革命
林 兼明 著
古語研究を基に多彩な思索で人類救済を説く。
ISBN978-4-9900727-3-5
3,000円

和の人間学
―東洋思想と日本の技術史から導く人格者の行動規範
吉田善一 著
社会や科学技術に役立つ日本的人間力を探究。
ISBN978-4-905194-67-5
1,800円

〔エッセイ〕

家事調停委員の回想
―漂流する家族に伴走して
中島信子 著
様々な事件に関わってきた著者による実話。
ISBN978-4-86600-035-0
1,800円

日本人の祈り こころの風景
中西 進 著
現代の世相を軸に、日本人の原点を探る。
ISBN978-4-905194-26-2
1,600円

私は二歳のおばあちゃん
アメリカ大学院留学レポート
湯川千恵子 著
還暦で米国留学！バイタリティあふれる奮闘記。
ISBN978-4-902385-43-4
1,600円

心に咲いた花
―土佐からの手紙
大澤重人 著
第56回高知県出版文化賞受賞
高知県を題材として、人々の強さ、優しさ、苦しみ、悩みを生き生きと描いた人間ドラマ。
ISBN978-4-905194-12-5
1,800円

泣くのはあした
―従軍看護婦、九五歳の歩跡
大澤重人 著
看護婦として日本の旧陸軍と中国八路軍に従軍した一人の女性の波乱万丈の生涯を描く。
ISBN978-4-905194-95-8
1,800円

アフリカゾウから地球への伝言
中村千秋 著
三十年にわたる研究調査から学んだ地球の未来。
ISBN978-4-86600-011-4
1,800円

〔文学〕

吉田健一ふたたび
川本 直・樫原辰郎 編
気鋭の書き手たちが描く新しい吉田健一。
ISBN978-4-86600-057-2
2,500円

森の時間
前 登志夫 著
自然と人間の深奥を捉えた名篇、ここに甦る。
ISBN978-4-905194-69-9
1,800円

山紫水明綺譚 京洛の文学散歩
杉山二郎 著
江戸っ子学者による博覧強記の京都の話。
ISBN978-4-902385-93-9
2,400円

おなあちゃん
―三月十日を忘れない
多田乃なおこ 著
東京大空襲を生き延びた十四歳の少女の実話。
ISBN978-4-902385-69-4
1,400円

新版 ドイツ詩抄 珠玉の名詩一五〇撰
山口四郎 訳
音読にこだわったドイツ詩集の決定版。
ISBN978-4-902385-59-5
2,200円

ドナウ民話集
パウル・ツァウネルト 編 小谷裕幸 訳
ドナウ川流域で語られてきた話１００編の初の邦訳。
ISBN978-4-86600-017-6
4,800円

中国雲南省少数民族民話選
木霊の精になったアシマ
張 麗花・高 明 編訳
中国雲南少数民族が語り継ぐ人間愛。
ISBN978-4-86600-066-4
2,800円

地名は警告する 日本の災害と地名
谷川 健一 編
北海道から沖縄まで、各地の第一人者による災害地名探索。
ISBN978-4-905194-54-5
2,400円

東日本大震災詩歌集 悲しみの海
谷川 健一・玉田 尊英 編
深い悲しみときびしく辛い状況に向き合い、拭えない想いを紡いだ詩歌のアンソロジー。
ISBN978-4-905194-40-8
1,500円

津波のまちに生きて
川島 秀一 著
気仙沼に生まれ育ち、被災した著者が、大災害の状況と三陸沿岸の生活文化を語る。
ISBN978-4-905194-34-7
1,800円

海と生きる作法 —漁師から学ぶ災害観
川島 秀一 著
東日本大震災から六年、漁師にとっての「復興」は? 漁師の自然観・災害観に学ぶ。
ISBN978-4-86600-025-1
1,800円

安さんのカツオ漁
川島 秀一 著
一人の船頭の半生から見たカツオ一本釣り漁。土佐—三陸、震災からの復興を願う強い絆。
ISBN978-4-905194-85-9
1,800円

裸足の訪問 —石仏の源流を求めて
坂口 和子 著
石の神や仏への想いの原点を探った旅の記録。
ISBN978-4-86600-068-8
1,800円

〔芸 術〕

ドヴォルジャーク—その人と音楽・祖国
黒沼ユリ子 著
ドヴォルジャークの音楽と人間がよみがえる。
ISBN978-4-86600-051-0
2,800円

ヴァイオリンに生きる
石井 高 著
ヴァイオリン作り五十年の職人が修業時代からヴァイオリンの魅力まで存分に語る。
ISBN978-4-905194-96-5
1,800円

ヘンリック・ヴェニャフスキ
—ポーランドの天才バイオリニスト、作曲家
エドムンド・グラプコフスキ 著
足達 和子 訳
一九世紀の天才演奏家・作曲家の波乱に満ちた生活と活動を浮きぼりにした初の評伝。
ISBN978-4-86600-013-8
1,800円

四季のふるさと うたのたより【新版】
—なつかしい童謡・唱歌・こころの歌とともに
望月 平 編・文 近藤 泉 絵
昭和世代に贈る珠玉のうたの絵本。楽譜付
ISBN978-4-86600-059-6
1,800円

あたしのまざあ・ぐうす
北原 白秋 訳 ふくだ じゅんこ 絵
北原白秋と注目の絵本作家ふくだじゅんこ—ふたりが織りなす、美しくも、摩訶不思議なまざあ・ぐうすの世界。
ISBN978-4-905194-10-1
1,800円

放浪の画家 ニコ・ピロスマニ
—永遠への憧憬、そして帰還
はらだ たけひで 著
「百万本のバラ」で知られるグルジアの伝説の画家・ピロスマニの生涯。初めての評伝。
ISBN978-4-905194-14-9
2,200円

出雲大社
—中野晴生写真集
中野晴生 写真
壮大で美麗な写真で表した出雲大社の全体像。
ISBN978-4-86600-064-0
6,800円

雲岡石窟(うんこうせっくつ) 仏宇宙(ぶつうちゅう)
六田 知弘 写真
《東山健吾 文 八木春生 解説》
中国三大石窟の一つ、雲岡。これまでほとんど紹介されなかった西方窟に、日本人写真家が初めて足を踏み入れた撮り下ろし作品。
ISBN978-4-902385-98-4
26,000円

曼荼羅と仏画に挑んだ
小倉尚人 永遠の求道
小倉 幸夫 編
いまだ世に知られていない天才画家の作品と生涯。
ISBN978-4-86600-065-7
3,500円

谷川健一全集 全24巻

柳田国男、折口信夫と並ぶ民俗学の巨人・谷川健一。
古代・沖縄・地名から創作・短歌まで、幅広い文業を網羅。

各6,500円　揃156,000円
菊判　布表紙　貼函入り
月報「花礁」付き
セット ISBN978-4-905194-60-6

第一巻　古代一
白鳥伝説
ISBN978-4-902385-26-7

第二巻　古代二
大嘗祭の成立 他
ISBN978-4-902385-65-6

第三巻　古代三
古代史ノオト 他
ISBN978-4-902385-48-9

第四巻　古代四
神・人間・動物 他
ISBN978-4-902385-73-1

第五巻　沖縄一
南島文学発生論
ISBN978-4-902385-30-4

第六巻　沖縄二
孤島文化論（抄録）他
ISBN978-4-902385-45-8

第七巻　沖縄三
甦る海上の道 他
ISBN978-4-905194-39-2

第八巻　沖縄四
海の群星 他
ISBN978-4-902385-61-8

第九巻　民俗一
青銅の神の足跡 他
ISBN978-4-902385-40-3

第十巻　民俗二
女の風土記 他
ISBN978-4-902385-84-7

第十一巻　民俗三
わたしの民俗学 他
ISBN978-4-902385-68-7

第十二巻　民俗四
魔の系譜　常世論
ISBN978-4-902385-28-1

第十三巻　民俗五
民間信仰史研究序説 他
ISBN978-4-905194-25-5

第十四巻　地名一
日本の地名 他
ISBN978-4-902385-34-2

第十五巻　地名二
地名伝承を求めて 他
ISBN978-4-905194-17-0

第十六巻　地名三
列島縦断　地名逍遥
ISBN978-4-905194-31-6

第十七巻　短歌
谷川健一全歌集 他
ISBN978-4-902385-80-9

第十八巻　人物一
柳田国男
ISBN978-4-902385-89-2

第十九巻　人物二
独学のすすめ　折口信夫 他
ISBN978-4-902385-54-0

第二十巻　創作
最後の攘夷党 他
ISBN978-4-902385-94-6

第二十一巻　古代・人物補遺
四天王寺の鷹　人物論
ISBN978-4-905194-08-8

第二十二巻　評論一
常民への照射（抄録）
評論 講演
ISBN978-4-905194-05-7

第二十三巻　評論二
失われた日本を求めて 他
ISBN978-4-905194-49-1

第二十四巻　総索引
総索引　年譜　収録作品一覧
ISBN978-4-905194-52-1

ミッチーのことばあそび
ひらひらきらり 新版
オノマトペ ー英語の世界

はせ みつこ 作
中畝 治子 絵

絵がきこえてくる、声にしたくなる、オノマトペの世界。おとなも子どもも楽しめる一冊。

ISBN978-4-905194-75-0　2,300円

ゲルニカ
ーピカソ、故国への愛

アラン・セール 文・図版構成
松島 京子 訳

ゲルニカはなぜ描かれたのか、何を語っているのか。幼少期の生活や絵から、ゲルニカの制作過程までをたどり、その魅力に迫る。

ISBN978-4-905194-32-3　2,800円

〔自然科学〕

サイエンスカフェにようこそ！
科学と社会が出会う場所 1・2・3・4・5
室伏 きみ子　滝澤 公子 編著
共催日本学術会議。談話室で市民と科学者がコーヒーを片手に交流。
1巻1,400円
2巻1,800円
3巻1,600円
4巻1,800円
5巻1,800円
1巻 ISBN978-4-902385-77-9
2巻 ISBN978-4-905194-02-6
3巻 ISBN978-4-905194-24-8
4巻 ISBN978-4-905194-64-4
5巻 ISBN978-4-905194-71-2

サイエンスカフェにようこそ！
―地震・津波・原発事故・放射線―
滝澤 公子　室伏 きみ子 編著
放射線の健康への影響や、地震が起こる仕組みを正しく理解し判断するための手引書。
ISBN978-4-905194-35-4
1,800円

生物はみなきょうだい
室伏 きみ子 文
いのちはどこからきたの？ DNAってなに？ いっしょにいのちの歴史をのぞいてみよう。
ISBN978-4-902385-46-5
1,500円

原発事故後の環境・エネルギー政策
―弛まざる構想とイノベーション
橘川武郎・植田和弘・藤江正嗣・佐々木聡 編著
今後のエネルギー政策をグローバルな視点で探る。
ISBN978-4-905194-37-8
1,500円

日本の沖積層 改訂版
―未来と過去を結ぶ最新の地層
遠藤 邦彦 著
今の地層の形成過程―災害や建築の基本図書。
ISBN978-4-86600-027-5
5,500円

化学英語用例辞典〔日本大学文理学部叢書〕
田中 一範　飯田 隆　藤本 康雄 編
化学英語の論文を書くために必携の用例辞典。
ISBN978-4-905194-70-5
6,800円

〔健康・福祉〕

0歳からの体幹遊び
田中 日出男・根本 正雄 編
体幹は人の成長の基本。0歳からの遊びを紹介。
ISBN978-4-86600-070-1
2,000円

子育てに「もう遅い」はありません
内田 伸子 著
心と脳の科学からわかる子育てに大事なこと。
ISBN978-4-905194-77-4
1,200円

病気知らずの子育て
―忘れられた育児の原点〔改訂版〕
西原 克成 著
あたりまえで、画期的な大切な育児法を公開。
ISBN978-4-86600-039-8
1,600円

わらべうたでゆったり子育て
相京 香代子　深美 馨里 著
情緒、ことば、運動、交流―魔法のうたの役割。
ISBN978-4-905194-68-2
1,200円

あかちゃんは口で考える
田賀 ミイ子 著
子育て中のママにおくる、健康を守る秘訣。
ISBN978-4-902385-49-6
1,300円

いのちのリスク
―いのちの危険因子をみつめる
松原 純子 著
戦争・災害・放射線・化学物質・感染症・がん…。いのちを守るために身の周りの危険をみつめる。
ISBN978-4-86600-029-9
1,800円

子どもの心を読み解く
心色リーディング
ふじわら まりこ 著
話せないこと、言葉で表せないこと、悩んでいることを「色」はそっと教えてくれます。
ISBN978-4-86600-023-7
1,400円

全解 絵で読む古事記 全3巻
奈良 毅 監修／柿田 徹 絵
八百万の神々と生きている国、日本！
『古事記』を省略しないで全編をイラスト化。『古事記』のすべてがわかります。
〈上巻〉ISBN978-4-86600-030-5
〈中巻〉ISBN978-4-86600-031-2
〈下巻〉ISBN978-4-86600-032-9
〈上・下巻〉1,800円
〈中巻〉　2,200円

倭姫の命さまの物語（やまとひめのみこと）
三橋 健 監修／海部 やをとめ 著
倭姫の命さまが各地をご巡幸され、伊勢神宮をご創祀されるまでの物語。
優美な大和絵十八点
ISBN978-4-86600-047-3
2,300円

房アーカイブス ……………………

、明治 19 年（1886年）、高知県宿毛市出身の坂本嘉治馬によって神田神
立されました。平成５年に設立された弊社では、新刊を出版する任と共に、創
神と社会的使命を受け継ぐべく、戦前戦後に刊行された冨山房書籍のうち、
要望の多い本の復刻、新版の刊行を富山房企畫とともに行っています。

國語讀本 尋常小學校用
ISBN978-4-905194-23-1
3,600円
國語讀本 高等小學校用
ISBN978-4-905194-23-1
4,600円
坪内 雄藏 著　発行＝富山房企畫 発売＝冨山房インターナショナル
教科書の国語の原点を再現。

宮沢賢治 ―素顔のわが友〔最新版〕
佐藤 隆房 著
発行＝富山房企畫　発売＝冨山房インターナショナル
賢治の生きた姿を親友が描く。
ISBN978-4-905194-27-9
2,600円

イソップものがたり〔最新版〕
楠山正雄 編　武井武雄 画
発行＝富山房企畫　発売＝冨山房インターナショナル
ISBN978-4-905194-76-7
2,400円

アンデルセン童話 おやゆび姫〔最新版〕
楠山正雄 編　初山 滋 画
発行＝富山房企畫　発売＝冨山房インターナショナル
ISBN978-4-905194-93-4
2,400円

神道の本義
J.W.T.メーソン 著　今岡 信一良 訳
発行＝富山房企畫　発売＝冨山房インターナショナル
日本人に潜在する精神を解明。
ISBN978-4-86600-063-3
2,000円

ギリシャ神話 新版
ジェームス・ボールドイン 著
杉谷 代水 訳　発行＝富山房企畫 発売＝冨山房インターナショナル
明治の文語体と現代文の２段組で描く、神々の壮大な物語。
ISBN978-4-905194-13-2
3,500円

植物生態美観 新版
三好 學 著
発行＝富山房企畫　発売＝冨山房インターナショナル
日本の植物学の礎を築いた著者による植物と自然の捉え方。
ISBN978-4-905194-09-5
1,400円

萬葉集物語
森岡 美子 編
愛情あふれるたおやかなことばで語りかける、万葉の世界の物語。
ISBN978-4-902385-62-5
1,800円

新版 芭蕉絵物語
内野 三悳 著
旅に生きた松尾芭蕉の生涯をやわらかな目線で描く絵物語。
ISBN978-4-902385-82-3
1,500円

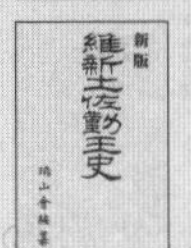
新版 維新土佐勤王史
瑞山會 編
武市瑞山と血盟を交わした維新史の証人達による第一級の記録集。
ISBN978-4-902385-09-0
27,000円

……《梅田 規子の本》……

生きる力はどこから来るのか
―若い人たちへ、この世は見えない力で動いている
この世を動かしているのは私達の心のあり方だともいえる。〈命のリズム〉シリーズ総集編
ISBN978-4-905194-81-1
1,400円

命のリズムは悠久のときを超えて
生物は太古からの記憶を体に刻み込んでいる。
ISBN978-4-905194-45-3
2,200円

心の源流を尋ねる
―大気と水の戯れの果てに
命を支えている心とはどんなものなのか。
ISBN978-4-905194-19-4
2,200円

ことば、この不思議なもの
―知と情のバランスを保つには
声ことばに込められた大切な意味を明かす。
ISBN978-4-905194-11-8
2,200円

もうひとつの道徳の教科書
道徳の教科書編集委員会

古今東西の物語や詩などを読みながら、子どもたちの心をさらに豊かに。選び抜かれた作品が紹介されています。
ISBN978-4-86600-045-9
1,800円

寛容を基盤においた生命尊重の
教育に関する研究
600-056-5
円

冨山

冨山房(
保町に創
業者の
皆様のご

島村 眞智子 著
世阿弥の少年から成人までを境界領域から考究。
ISBN978-… 6,8…

子ども読者とひらく 宮沢賢治 童話の世界
牛山 恵 著
賢治童話を子どもたちはどう読むのか。
ISBN978-4-905194-84-2 2,500円

〔ことば〕

鈴木孝夫の世界 ―ことば・文化・自然― 第1集／第2集／第3集／第4集
鈴木孝夫研究会 編
言語社会学者を囲み、メンバーがその魅力を語る研究会の成果を書籍化。講演記録収録。
1集1,600円 2集1,800円 3集2,000円 4集2,000円
1集/ISBN978-4-902385-95-3 2集/ISBN978-4-905194-16-3 3集/ISBN978-4-905194-36-1 4集/ISBN978-4-905194-46-0

鈴木孝夫の曼荼羅的世界 ―言語生態学への歴程
鈴木 孝夫 著
鈴木孝夫の広範な研究・活動のすべてを一望する。
ISBN978-4-905194-94-1 4,600円

矢崎 祥子 著
鈴木孝夫の学問の形成過程と理論を描く。
ISBN978-4-90… 1,800…

国際言語としての英語 文化を越えた伝え合い
本名 信行 著
今、英語は文法も単語も大きく変化している。
ISBN978-4-905194-56-9 1,400円

現代国語教育史研究
田近 洵一 著
国語教育の歴史を見直し、その課題を示す。
ISBN978-4-905194-59-0 3,800円

大正期『中央公論』『婦人公論』の外来語研究 ―論と広告にみるグローバリゼーション
髙﨑みどり 編
外来語の形成過程を社会の動きとからめて分析。
ISBN978-4-86600-054-1 2,800円

神に関する古語の研究
林 兼明 著
徹底的に神の語義を探求し、古代アジア・オリエントの太陽信仰と比較文化的に対比する。
ISBN978-4-9900727-1-1 7,500円

東風安生 著
道徳教育の改革と生命尊重の教育の方向性を説く。
ISBN978-4… 3,8…

縄文 謎の扉を開く
縄文文化輝く会 松久保 秀胤 監修
杉山二郎、養老孟司他が縄文時代を語る。
ISBN978-4-902385-83-0 2,000円

かくも明快な魏志倭人伝
木佐 敬久 著
徹底した原文検証で千数百年の謎を明快に解く。
ISBN978-4-905194-99-6 3,800円

道元を読み解く
得丸 久文 著
道元思想を徹底的に見直し研究の新時代を拓く。
ISBN978-4-86600-037-4 6,800円

八人の女帝 〔英語版もあります〕
高木 きよ子 著
女帝誕生の秘密と謎に包まれた生涯を描く。
ISBN978-4-902385-19-9 1,600円

加藤清正 築城と治水
谷川 健一 編
熊本城築城の武将は無比の才能を発揮した。
ISBN978-4-902385-27-4 2,500円

中濱 万次郎 ―「アメリカ」を初めて伝えた日本人
中濱 博 著
直系四代目が新事実満載で波乱の生涯を描く。
ISBN978-4-902385-08-3 2,800円

ジョン万次郎 ―日米両国の友好の原点
中濱 京 著
一七〇年前の出逢いは今も生きている。英訳付。
ISBN978-4-905194-80-4 1,300円

開拓鉄道に乗せたメッセージ ―鉄道院副総裁 長谷川謹介の生涯
中濱 武彦 著
明治期に日本と台湾に鉄道を敷いた技師の生涯。
ISBN978-4-86600-021-3 3,500円

ミャンマーからの声に導かれて ―泰緬鉄道建設に従事した父の生涯
松岡 素万子 著
ミャンマーの地に残された数万の兵を思う…。
ISBN978-4-86600-044-2 1,800円

小野梓 ―未完のプロジェクト
大日方 純夫 著
政党・大学・書店・執筆。明治初期の偉業を見直す。
ISBN978-4-86600-007-7 2,800円

国民リーダー 大隈重信
片岡 寛光 著
未発掘の資料を加え、大隈重信の人間像を描く。
ISBN978-4-902385-76-2 2,800円

スウェーデン 水辺の館への旅 エレン・ケイ『児童の世紀』をたずさえて
荒井 洌 著
保育の第一人者が優れた保育事情を考察する。
ISBN978-4-902385-07-6 2,000円

エレン・ケイ『児童の世紀』より ことばの花びら The Century of the child
荒井 洌 著
エレン・ケイの考え方を読み解く。
ISBN978-4-905194-15-6 1,800円

保育者のための世界名作への旅 ―保育に生かす すてきな言葉―
荒井 洌 文／深井 せつ子 絵
世界中で愛されている名作のガイダンス。
ISBN978-4-902385-37-3 2,000円

〔民俗〕

父を語る 柳田国男と南方熊楠
谷川 健一 編
巨人たちのユニークな素顔を親族が語る。
ISBN978-4-902385-90-8 2,200円

源泉の思考 谷川健一対談集
谷川 健一 編著
宮本常一、山折哲雄、白川静等、各分野の第一人者と著者が縦横に語り合う濃密な十四編。
ISBN978-4-902385-53-3 2,800円

魂の民俗学 谷川健一の思想
大江 修 編
谷川民俗学の根底に流れる思想を解いた対話。
ISBN978-4-902385-22-9 2,300円

谷川健一の世界 ―魂の民俗学が遺したもの
大江 修 編著
民俗学の枠を超えた孤高の巨人を読み解く。
ISBN978-4-86600-018-3 2,800円

日本人の魂のゆくえ 古代日本と琉球の死生観
谷川 健一 著
誕生と死は日本人にとってどのようなものであったのか。日本人の精神の基層を探る。
ISBN978-4-905194-38-5 2,400円

柳田民俗学存疑 稲作一元論批判
谷川 健一 著
柳田稲作一元論が、日本の農耕の歴史と文化の実態にそぐわないことを明らかにする。
ISBN978-4-905194-78-1 2,300円

蛇 不死と再生の民俗
谷川 健一 著
蛇、海蛇そして龍――。民俗学の現場に立って、蛇と日本人の深い交渉の謎を解き明かす。
ISBN978-4-905194-29-3 2,400円

露草の青 歌の小径
谷川 健一 著
日本人の最も伝統的で根源的な表現形式である短歌をめぐる歌論、歌人論、自撰歌集。
ISBN978-4-905194-63-7 3,600円

列島縦断 地名逍遥
谷川 健一 著
南島の珊瑚礁から流氷の海まで、自ら訪れ、地名に刻まれた「日本人の遺産」をたどる。
ISBN978-4-902385-91-5 5,600円

陸を決行するためである。しかし我が方の武装は、連隊に砲が二門という貧弱さであった。レイテ湾内には、米軍の大機動部隊が、優秀な航空母艦、戦艦、巡洋艦などの数多くが集結しているというのに、一部のものは機帆船に小銃だけ抱えて乗り込むというしまつであった。これではいかに日本精神、軍人精神で鍛えあげたにせよ、この勝負が、釣鐘に提灯、まるでお話にならない勝負であることは誰の目にも明白であった。

日本にいたころ、「もう一機、もう一艦」という標語を方々で見かけたが、もう一機ではなく、たった一機でもよい、翼に日の丸のマークの付いた飛行機がいてくれたらどんなに心強いことだろうと、実際どのくらい思ったことかしれなかった。この逆上陸に当たって、兵隊たちには乾パンやローソクなどが若干支給され、激励の辞が与えられたが、兵隊たちは、どうせ白木の箱さ、と苦笑しながら元気なく出かけていった。そしてこの遠征が失敗に帰したことはもちろん言うまでもない。私たちはその後、毎日をラパサン山上のマンゴーの樹の下で過ごした。米機が頭上に来ると防空壕に飛び込み、飛び去るとノコノコ這い出ては、芋の葉を摘んだり、燃え木を集めたり、時には水溜りに入って雷魚を獲ったりして暮らした。そのうちにミンドロ島に米軍上陸の報が伝わり、形勢いよいよ急を告げてきたため、私たちは山奥に木材を集めて椰子やバナナの葉を利用して、横になれば足が外に出てしまうような小さな細長い小屋を建て、その中でコソコソと天を恐れるようにして暮らした。蛇や蛙を旨い旨いと舌鼓打って食べるようになったのもこのころからであった。

こうした山籠もりのうちに昭和十九年も忘れ難い数々の想い出を残して過ぎ、私たちは文字通り四面楚歌のうちに昭和二十年の元旦を迎えた。大晦日といっても、百八煩悩の鐘も聞けず、みそかそばも喰えぬ南方では、正月といっても蚊にさされ、蝿に悩まされ、体は汗ばみ、正月気分などは少しも見られなかった。それでも私たちはささやかながら、魚などを見つけてきて正月を祝い、遥拝式の真似事をした。しかしこの日も、米機は三回にもわたり来襲してきた。誰かが、元旦から空襲があるようでは今年も一年中やられるぞ、と言ったりした。私は、「元旦やなじみの米機の落とし弾丸（お年玉）」とはいかがかと戦友に言ったら、名句（迷句）だよと大笑いになった。中には、「昭和二十年三十五歳を一期に、護国の鬼と化すか」と誰に言うとなく言った者もいた。

近くの航空隊の者が来て、ルソン島にもいよいよ米軍が上陸したらしいなどと話して行った。事態は急激に悪化してきたので、私たちはカガヤン残留者に対しても、一刻も早く南の端のダバオ州の原隊を追求するように命令が伝えられた。しかし、残留者はほとんどが病弱者である。軍医官の見立てで行軍不適者として取り残された者ばかりである。元気な者でさえ前に述べたようなありさまだったのに、この病弱者たちにいかにして瘴雨蛮烟の百里の道が突破できよう。無理に決行しても、結果は全滅に終わることは火を見るよりも明らかであった。歩けないので、足手まといになるよりは自決すると言った者もいた。そしてその男は事実、後に立派に手榴弾で死んでいった。私たちはどうして南下するかについて日夜考えあぐんだ。しかし神の恵みか、近くの航空隊の残留者たちがやはり近いうちに南下するので、私たちを毎回トラックに数人ずつ同乗させて途中まで運んでくれるという話が棚ぼた式にまとまった。

私は当時、比較的元気だったので最初の七人に選ばれ、一月上旬、先発隊の一人としてカガヤンを後にした。

百里（約四百キロ）の行程はもちろん楽ではなかった。見たこともないものすごい大木の生い茂った密林、わずか二キロとはいいながら車で三日もかかるほどのぬかるみの道、朽ちて落ちるかと思われる橋、私たちは何度か雨の中を車に綱をつけて引いたことだろう。ある時は車が進まず、先に宿舎探しに出た私は丸三日も廃墟となって誰一人いない山中の現地人集落で、火を絶やさないように昼も夜も努力しながら、雑草を煮て食べ、ともすれば襲ってくる恐怖感と闘って過ごしたこともあった。

カバカンの近くまで来た時、トラックに積んであった厚板がはね落ちてその下敷きになった私は、ドブから救出された時など、痛さに耐えかねて道路をゴロゴロとのた打ち回ったほどであった。このため私たちは、カバカンで航空隊の連中とも袂を分かち、野戦病院で診断を受け、カテドアンに十日も滞在することとなった。航空隊の連中は「飛行機のない航空隊など、睾丸のない男みたいなもので意味ないですよ。戦争も長いことはないでしょう。お互いにそれまで、どうにでもして生き延びましょうよ」と言って別れていった。

二月上旬、私たちはダバオ州のミンタルに着いた。聞けばダバオ市はもう焼野原で、司令部はミンタルにあるが、私の部隊はここからかなり離れたタロモリバーにいるとのことだった。私はミンタルで具合の悪い足の手当てをして、数日の後、ただ一人、道を聞きながら重い荷を負ってそこを訪ねた。

やっと部隊にたどり着いて聞けば、私の中隊はそこからまた別の方向の、相当離れたリバーサイドにいるとのことであった。がっかりした私は、またどこを見ても同じような麻畑ばかりの知らぬ道を、一人とぼとぼ重い足を引きずって歩いて行った。中隊にたどり着いた私は、自分の分隊員があまりにも少ないのに驚いた。早速聞いてみると、行動といって、数人ずつ交代で糧秣（兵隊の食糧と馬の食糧の秣）、弾薬の輸送に昼夜作業をしている以外の者は、ほとんど全員が体を損ねて入院中とのことであった。

マニラで十六貫（六十キログラム）もあった戦友が、九貫八百匁（約三十七キログラム）に痩せ衰えて、だるそうに水牛を曳いていた姿は痛々しいものであった。

芋をかじり、粥をすすって、昼夜兼行の重労働に励む無理が、こんなにも健康状態を低下させてしまったのであった。

ここにしばらく滞在しているうちに、私はまもなく指令部付を命ぜられた。発令のあった当日、私は中隊長、小隊長、分隊長、班長、本部付下士官などにひと通り挨拶して回った。

ところが中隊本部では、翌朝早々司令部に行く前に部隊本部に行って申告をしてこい、と私に厳命した。

部隊本部は司令部とはまるで違った方向にあった。部隊本部まで数キロの道を、重荷を負って第一装で出かけ、またそこから逆戻りして、はるか遠くの司令部まで炎天下を銃をかついで歩いて行けというのである。

しかも午後四時までに司令部に到着するようにと時間までが指令されていた。考えるまでもなく、誰の目にもそれは無茶な命令であった。

私は、どうせまたビンタものと覚悟を決めて部隊本部に出かけて行った。部隊本部に部隊長はいなかった。さんざん待たしたあげく、副官の少尉が出て来た。副官に向かって私は「陸軍一等兵、宮澤縦一は、昭和二十年二月二十五日付を以って、師団司令部勤務を命ぜられました。ここに謹んで御申告致します」と大声で型通りの申告をすました。

副官は、「よし、しっかりやれ」とそれだけ言って腰を下ろしてしまった。これで申告はおしまいである。これだけのために、数キロの道を重い装具を背負い、銃をかついで炎天下をテクテク歩いたわけである。そしてこれからまた何倍かの道を歩いて行くのである。道順を聞いて私は歩きだした。麻、麻、麻、まったくどこまで行ってもアバカ畑であった。

私は道を間違えないように、前方から人が来るたびに道を聞きつつ歩いて行った。歩きだして半キロも来たころだった。後方から軍の車が疾走してきた。私は敬礼するために立ち止まった。中の人は意外にも以前の私の小隊長であった。私は途中まで同乗を許された。

しかし車を降り、小隊長に別れを告げてからも、道はまだまだ遠かった。私は汗も拭わず歩き続けた。

司令部のあるミンタルにたどり着いた時は、四時少し前であった。小川にかかった小さな橋の所で、私は重荷と疲労でバッタリ倒れた。起き上がろうと努力してみたが、背中の重荷のためにどうしても立てなかった。二度、三度、起きようと懸命に試みてみたが結局だめだった。見かねて出て来た日本銀行員の手にすがって、やっと立ち上がって司令部に赴いた。

ここでもまた型通りの中告を行なって、その日から私は司令部の人となった。ミンタル勤務中、私はマニラの陥落を知った。山下将軍の「米軍は我が腹中に入れり、神機一度動かば、包囲下の米軍を直に殲滅せん」という大向こうを唸らせるような声明も聞いた。また、マラリヤで入院もした。

ミンダナオ島のサンボアンガに米軍上陸の報がもたらされた時は、いよいよ本島の一部も決戦場と化したと私たちは異常な緊張を覚えた。ミンタル上空を乱舞する米機は日を追ってその数を増していった。ビラは毎日のように空から撒かれた。しかし兵隊たちはそれを拾うことを禁じられた。

五月中旬に入ると、空襲は猛烈になった。機銃掃射も頻々と行なわれた。我が方はしかし、これを迎え撃つ戦闘機の一機も、高射砲の一門もなかった。将校連中は、なんとなくそわそわしだした。鬼中尉といわれた堀江という獣医官が、米軍がコタバトに上陸し、カバカンに向けて進撃中との重大ニュースを兵隊たちを集めて発表した。カバカンからミンタルまでは、普通の車で半日の行程である。いったいどうなるのだと、不安でイライラしながら、兵隊たちは上官の命令を、しかしおとなしく待った。

命令は発せられ、司令部はタモガンに移り、一部の者は戦闘指令所を組織してラプイに移駐することとなった。

私は戦闘指令所勤務ということであったが、他の兵と一緒にタランダンまで行けとのことであった。途中も空襲は頻繁にあった。私の連れていた馬が、空襲中、逃げだしたのにはまったく弱らされた。

同行の小澤という上等兵は、マラリヤが重くなり脳症を起こし、麻畑の中に座り込んで、草ッ葉をかき集めてはバラバラそれを投げ散らし、空襲だ、空襲だと大声でわめいたり、雨具を着たまま小川に飛び込んで泳いだり、急に立ち上がって号令をかけたり、奇行を続出して私たちをさんざんに悩ました。

タランダンに到着した時、私の足は熱帯潰瘍が化膿してひどく腫れあがった。私と小澤上等兵は、ついにバギヤンの病院に入院した。病院では患者たちが、崖を下った炊事場まで樽をかついで粥を取りに行かされた。衛生兵たちは、昼は防空壕に隠れ、夜になると出てきては、鶏を料理したり、看護婦にふざけたりして、血膿がしみ出て臭気紛々の傷の手当も怠るしまつであった。一棟で日に二、三人も病死者が出たが、死人をかつぎ出すのも、穴を掘って埋めるのも、みんな患者の役であった。入院して二日目くらいから砲声が聞こえだした。

砲撃は日ごと、夜ごと、強さと大きさとその数を増していった。入院一週目に私たちは退院した。

坂下まで数町（数百メートル）もある急坂を下って私がラプイに着いたころには、この谷底のラプイのみすぼらしい形ばかりの仮屋にも米軍の攻撃の手は伸びていた。米軍の観測機は、いつもただ一機で悠々と上空を飛翔した。観測機の姿が上空に現われると、兵隊たちは一人残らず洞窟に、防空壕に、隠れ込むように指令されていた。観測機との連絡によって、砲撃は正確に加えられた。はるか遠くに着弾したので安心していると、次にはすぐ近くに砲弾が落下してくるのでまったくビクビクものだった。

支那事変（日中戦争）中、空軍力のない支那軍の惨めな姿を嘲笑した日本軍が、今度は逆に、もぐら生活に追い込まれたのだった。

ラプイにいることわずか数日で、私はまた輜重隊（軍用品の輸送隊）に戻るように命ぜられた。私は米軍の攻撃中、ようやくにして中隊に戻った。中隊では、またしても部隊本部に申告に行けと命令された。

この期に及んでも、ただ一言の「原隊復帰を命ぜられました」と言う、ただそれだけの形式的な挨拶のために、数キロの道を危険を冒して申告に行くのかと情けなくなったが、何にしても軍隊では、上官の命令は朕（天皇）の命令で、絶対なので、私はしかたなくまた銃をかついで、一片の申告のために遠路、部隊本部に出かけた。この日、中隊に私の遠縁に当たる兵が砲弾で左腕を飛ばされ、作業現場から病院に運ばれ、そして二人はとうとう永久に逢えなくなってしまった。部隊本部とは違って、つい目と鼻の先にある病院でも、一兵卒の私が病院に人を見舞うことなど絶対に許されはしなかった。

中隊に到着して三日目、私たちは米軍の猛攻撃の報にあわてて夜間行軍でゴマランに移動した。暗い道を雨に濡れて滑るまいと気を配りながら、兵隊たちは黙々と歩み続けた。弾薬を乗せた車がぬかるみにはまり込んで少しも動かないのを、兵隊たちは泥まみれになって必死で動かした。病兵の装具でも、兵隊の小銃一挺でも、車に乗せることを厳禁して、シャベル、つるはしまでも兵隊にかつがした第三小隊長の車には、鶏が三十羽も、蓄音機やラジオと一緒に積み込まれていた。「日本に帰ったら売り飛ばすのさ」と、一同に高言していた子供用靴下をいっぱいに詰め込んだ木箱も載せられていた。

暁近く、ズブ濡れになって私たちはゴマランに着いたが、ここもまた安住の地ではなかった。

米機は早朝から飛来して、麻畑スレスレに飛び回りながら機銃掃射の雨を降らした。砲弾はピュウピュウとうなりを立てて飛んできては、ドカーンと付近に落下した。

一日中、麻畑の中で生きた心地もなくちぢみあがりながら、右に左に、銘々勝手に位置を移動して、やっと夜を迎えた私たちは、ここもまた引き揚げなければならなかった。

私たちは夜を徹して水牛を曳き、車を押し、膝まで没するぬかるみやツルツル滑る道を重荷にあえぎながらタモガン目指して一路北上した。この夜は幸い雨は小降りだった。しかし行軍は、前夜以上の悪路のために兵隊たちは苦しんだ。

河は増水して橋の上までも水が上がったばかりでなく、水勢がすさまじいものであった。傾斜の急な坂道では、怪我人を出したうえに、車まで坂下に墜落させたりした。しかし翌日中に、ほとんど全部がタモガンに到着できた。

タモガン駐屯中、兵隊たちは砲撃、爆撃の合間をみて、昼夜兼行で車や背負子で糧秣、弾薬の輸送になけなしの力を出して働いた。このころはもう、中指ほどの芋一、二本が兵隊たちの一食分だった。

腹のへった兵隊たちは、空腹を紛らわすためにしだいに悪食を覚えていった。蛙、蛇、鼠の塩焼きなどは上の部に属する料理だった。色々な虫や雑草を料理して喰うことが真剣に研究されだした。

銀トカゲを喰って嘔吐した者もいた。死んだ水牛を掘り出して、その肉を喰って三日三晩も下痢をした者もいた。オタマジャクシやカタツムリまでがそろそろ試食されだした。

現地人の畑を荒らし、野菜類を盗み取って喰う者もだんだんと増えてきた。煙草の代わりにパパイヤの葉やナスの葉が好んで吸われだした。チリ紙の代用として厠では色々な草の葉が用いられた。

米機の降下する落下傘ニュースが喜んで読まれ、また色刷りの美しい宣伝ビラが兵隊たちにリレー的に読まれるようになったのもこのころからであった。

そうした宣伝ビラの中には、なかなかの傑作があって、今も印象に残るものが少なくない。

「水戸黄門曰く、死す可き時に死し、生く可き時に生くるが真の武士である。諸君、今は死す可き時であろうか。死を早まってはいけない。諸君が死んでもそれは、犬死である……」というものもあった。

また、「諸君の持っている三八式歩兵銃は、たしかに優秀な新兵器であるが、しかしそれは四十年前、それが造られた当時のことで、今それをもって、銃爆撃の大爆弾に、どうして対抗できよう」などというのもあった。

「諸君が頼みとする連合艦隊は壊滅した」というニュース的なものもあった。

時計が大きく描かれ、一時がガダルカナル、二時がラバウル、という具合にだんだんきて、十二時の所が東京と書かれた凝った戯画もあった。

また、「諸君は何を好き好んでそんな動物的な生活を営むのか。虫を食べ、草をかじらなくても、我が方に来れば、贅沢はさせられないが食事も人間並のものを食べさせるし、柔らかい寝台にも寝かせる」というものもあった。

投降勧告ビラで傑出していたのは、なんといっても投降日の通知ビラであった。すなわち、何月何日を投降日とし、この日は絶対に攻撃を加えないから、このビラを

郵便はがき

恐れ入ります
が切手をお貼
りください

101-0051

東京都千代田区
神田神保町一の三 冨山房ビル 七階

㈱冨山房インターナショナル
読者カード係 行

お名前	（　　歳）男・女		
ご住所	〒 TEL：		
ご職業 又は学年		メール アドレス	
ご購入 書店名	都道府県　市郡区　書店	ご購入月	

★ご記入いただいた個人情報は、小社の出版情報やお問い合わせの連絡などの目的以外には使用いたしません。

★ご感想を小社の広告物、ホームページなどに掲載させていただけますでしょうか?

【 可 ・ 不可 ・ 匿名なら可 】

書　名

本書をお読みになったご感想をお書きください。
すべての方にお返事をさしあげることはかないませんが、
著者と小社編集部で大切に読ませていただきます。

持って我が方に来い、生命は保証する、という意味を記したビラであった。そのうえ、捕虜の日本兵たちが楽しそうに食事したり、将棋をしたりしているその生活面をスナップした写真を刷り込んだビラまで飛行機から撒布したりした。

「日本人の捕虜がいるのかナア」「この写真は本物かね、トリックではないかナ」「どうせ、死ぬ命じゃないか、捕虜だって何だって、もう一度、人間並の食べ物が食べられりゃ結構だよ。飯でもパンでも、もう一度喰って、それで死にゃ本望さ」などと、ビラを眺めながら兵隊たちはあちこちでコソコソ話し合ったものだった。

こうした捕虜たちの写真入りのビラは、いつも必ず目の部分は黒く目隠ししてあった。これは米軍の捕虜に対する深い思いやりであったことは言うまでもない。

このころから日本軍は、いよいよその末期的兆候を急激に現わし始めた。

そして六月下旬早々、タモガンを捨てた私たちは、トリーへ、トリーへと雪崩打って遁走していった。将校も、下士官も、兵隊も、誰も彼もが階級を忘れ、見境なく、敗残兵の一色になって、山奥へ山奥へと、ただあてもなく道を急いでいった。——

三　受傷（じゅしょう）――自決――捕虜（ほりょ）

無敵皇軍（むてきこうぐん）といい、神兵（しんぺい）と誇（ほこ）った日本兵が、敗残兵に成り代わったころには、いつの間にか服装（ふくそう）までひどく変化していた。百人一様、略帽（りゃくぼう）に軍服のカーキ色一色が、百人百様、色とりどりのみすぼらしい姿（すがた）となり果てていた。頭には、フィリピン・パパイヤや、ハイキングでかぶりそうなお釜帽子（かまぼうし）をかぶった者もいた。勇ましいのになると、無帽（むぼう）に鉢巻（はちまき）という颯爽（さっそう）たる者も見られた。

衣装（いしょう）も、これまた実に種々雑多であった。ワイシャツ姿（すがた）もあれば開襟（かいきん）シャツもあり、半ズボンもあれば袴下（こした）だけの者もいた。ひどいのになると、現地の女性が着る薄（うす）い上衣をまとっていた者さえいるありさまだった。

履物も同様で、軍靴もあれば地下足袋もあり、手製のわらじもサンダルもあった。しかし履物は、後になるにしたがって裸足が圧倒的に増加していった。ぬかるみの坂道などは、裸足ではツルツル滑って危険なので、裸足に藁縄を二重三重に巻き付けて歩いていた。

そうした百鬼夜行の姿で、敗残兵の大群は山へ山へと逃げていった。誰も、この道を行ったらどこへ出るなどと考えたりする者はいなかった。

漠然と山奥さして、漫然とただ人について歩き続けただけだった。群集心理というのであろうか、フラフラと前の人に従って山道を急いで行ったに過ぎなかった。

ある部隊の者が何人かで他部隊を襲ったり、在留邦人や現地人を襲撃してその食糧を奪ったり、あさましい本能のままの行動がいたる所で展開されだし、軍紀も軍律も急激に敗残兵たちを拘束する力を失っていった。

上官の命令が下級者に徹底せず、逆に下級者の反感を恐れて、上官が下級者の機嫌取りを始めるようになって、部隊はいよいよ断末魔に近づいていった。

　上官を馬鹿にしだした兵隊たちは、頼りない上官を相手とせず、気の合った仲間と三々五々連れ立って勝手に行動をし始めた。

　食糧に目を付けて兵隊を狙う班長も出てくれば、日ごろの恨みと、四、五人示し合って班長を射つ兵隊までも現われてきた。

　こうなってきては、誰がどこにいるのか、同じ班の者の行動さえも分からなくなってしまった。自分の周囲にいるごく少数の者だけの行動が分かるだけで、同じ分隊の者の生死さえも分からない混沌とした状態になってしまった。

　部隊別によって多少の時間的相違こそあれ、敗残部隊はこのようにして、誰も彼も一様に見る影もない無数の敗残兵の群に崩れていった。

　烏合の群の遁走さながら、敗残兵の群は、足の速い元気な組は、元気に任せて遅い者を置き去りにしてドンドンと道を急ぎ、足の遅い体の悪い組は、在留邦人の女子供たちの後について、杖にすがりすがりトボトボ歩いて行った。

病衰で動けなくなった上等兵が、手榴弾で見事に自決の手本を示したが、この上等兵は古兵だったので、靴も履いていれば米袋も腰に下げていたので、屍の側に立って一人の兵が「上等兵殿、靴を頂戴します」と言って靴を脱がして自分の足にスポリと履いてしまった。それを見るなり他の兵隊も我勝ちに、米袋、時計、万年筆と、それぞれ血まみれの上等兵から所持品をはぎ取って身に着けてしまった。そしてその挙句が、死体はそのまま埋葬もされず、兵隊たちの後に残されていった。

奥に進むにつれて、道端には戦死者、病没者の死体が多く見られるようになった。道に横たわる負傷者、病衰者の数もますます増加する一方であった。糞尿と屍の臭気が、紛々として鼻をつく地獄図さながらの山道を、私たちは鉄帽も捨て、銃も捨て、互いに励ましながら歩いて行った。そのころは、流れ出る汗も塩辛くなくなり、水筒までが重く感じられるようになってきた。

水かさを増した五十メートル幅の川のたもとに出た時、そこに負傷者や病弱者の群が多数、目を閉じて寝ているのを見た。私たちを見て、水、水、と言って、中の一人がフラフラと立ち上がり、一、二歩よろめいたと見る間にバッタリとまた倒れた。私たちの水筒には水はもう一滴もなかった。戦友の一人が空缶を見つけて、川の水を汲んで持っていってやった。その男はゴクリと一口飲んで、目を閉じてしまった。

元気な者は、簡単な筏を即製して、荷まで載せて川を渡って行った。子供連れの邦人は浅瀬、浅瀬と探りながら渡って行った。

私たちは自信もなかったが勇気を出して浅瀬を選んで注意深く渡った。川底の石は苔が生えていたのか、実にヌルヌルとよく滑った。川の途中まで来た時、連れの一人がツルリと滑って、流されそうになった。仲間の一人がそれをやっとおさえている間に、今度は私の体がアッという間に浮かんでしまった。荷の重さのためか、どうもがいてもあがいても、川下へと流されて行った。アレアレと思う間に、私たちの一行との距離はグングン引き離されていった。「シマッタ、大変だ」と夢中でもがけばもがくほど、体の均衡は失われていった。

ズシンと激しいショックを受けて、私の体が止まった。気づいてみると、背の荷が岩に掛かって止まっていたのだった。私は大声で救いを求めようとしたが、あまり大きな声は出なかった。戦友たちが川を下ってきて腰縄で助け上げてくれた。

川を渡りきった時は、もう本当に体はグッショリで、歩くのがいやになっていた。それでも、この受難後もひと休みもせず、私たちは山奥目指してなおも歩き続けた。十五分おきくらいにピューッ、ドカーンと砲弾が飛んできては私たちを脅かした。

少しでも前へ、一歩でも先へ、私たちの心は絶えずこう命じていた。誰も口をきかなかった。黙々として岡を越え、崖をよじ登り、滑ったり、はまったりするぬかるみを歩き続けて行った。木の枝を杖に、死んではいけない、死んではだめだと、ともすれば倒れかかる我が身を叱りながら、よろめくように歩いた。石にでもつまずいてハッとした瞬間は周囲の光景がはっきりしたが、後はただ目を開いていても眠っているのと同様であった。

衰弱と飢餓と睡眠不足とで、もう一歩も歩けぬとばかり、戦友の一人がバッタリ倒れるように草むらに横になった。私たちもやむなくそこでひと休みした。

ちょうどその直後のことであった。すぐそばにドカーンとものすごい大きな音がして砲弾が落下した。火炎に続いて砂煙りがもくもくと立ち上がった。

大音響とともに、ある者は伏していた身をガバッと起こし、ハァとたったひと息吐き出し、そのままグッタリと前にのめるように倒れてしまった。ある者は、腹をやられ、腸が飛び出し、アーアーアーと苦し気に喘ぎ、またある者は大腿部をやられ、「ヤラレタッ」とただひと声、後はウーン、ウーンと低声でうめいていた。誰一人として、芝居や映画によくあるように天皇陛下万歳や日本万歳など叫ばなかった。頭と肩のあたりをやられ、まったくウンともスウとも言わず、おとなしく死んでいった者もいた。

私もドカーンときた瞬間、左の額と背の二か所に強いショックを覚えたので、てっきりやられたと早合点して、その痛むあたりをこわごわ、ソッとなでまわしてみたところ、幸運にも何か小石でも当たったような痛みで、実際はかすり傷一つ負わず、無事に難を免れた。戦地に来てからだんだんと運命論者になってきた私は、これ以来、いよいよ、軍人は結局運人さという先輩の言を信じるようになった。

そればかりか、数度の受難をいつも幸運に免れた体験から、ついに自分はやられぬという信念すら抱くようになっていた。

しかし、この遭難後わずか三日、私がトリー山中を病弱の戦友四人と連れ立って重い足を引きずって逃げ歩いていた時であった。米軍の砲撃がいちだんと猛烈さを加えてきたので、私たちは近くにあった在留邦人の手になる一夜造りの避難所に駆け込んで待避した。

ホッとひと息する間もなく、この付近にもまた猛烈に砲弾の雨が降ってきたので、私たちは互いに「危ないから用心しろ」と注意し合ったその直後であった。

ポンという発射音に続いて、ピュー、サーッ、ドカーン、グワーンと耳を聾するばかりの大音響がして、すぐにバラバラバラバラと付近の樹木にちょうど石か何かが当たったような音がした。その時であった。

私は左足にポンと軽くはたかれたような感じを覚えた。何か小石でも落下してきて足に触れたのだろうくらいに思って気にも留めないでいたところ、間もなくジーンと、長く座っていたあの時のようなしびれが感じられてきた。

足をヒョイと引いてみたところが、どうしたことか、足は少しも動かなかった。オヤと思って手を下にやってみると、何か知らぬぬるぬるとした液体の感触があった。なおも少しずつ先の方に思い切って手をやってみると、生暖かい液体がダラダラと手を濡らし、アッと思った瞬間、グニャッとして、手は暖かく柔らかい窪みにはまってしまった。ハッとして、手を急いで引き出し、すかしてみると、掌は彩られていた。

直感的に、私は思わず「ヤラレタ」と叫んでしまった。「どうしたんだ」「どこだ」と戦友たちは口々に怒鳴りながら私の側へにじり寄って、私を抱えて明るみへと連れ出した。

在留邦人の居合わせた人たちも寄ってきて、それぞれ紐や布切れなどを気前よく分けてくれた。みんなして寄ってたかって足を持ち上げ、股の付け根の所を固くしばって止血をしてくれた。

おびただしい出血はあたりをすっかり血に染めてしまった。ズキン、ズキンと脈打つような痛みだけを意識し、いつの間にか周囲の人の話し声も砲声も聞こえなくなっていった。

何とも言えぬ、暗い、淋しい、そして冷たいような所へ、スーッと引きずり込まれていくような妙な感じであった。

私が呼び声に揺り起こされた時は、すでにもうそれは翌朝であった。

在留邦人たちはみんな、荷をまとめて逃げ支度に忙しかった。

最前線からアタフタと逃げてきた兵の話によると、米軍はもう三キロ先までも迫っているとのことであった。

在留邦人たちはそれを聞くと、最小限に荷を減らし、それを持って山奥目指して発って行った。戦友たちは親しかった同じ分隊の中瀬を除いては、みんな浮腰で、一刻も早くここを立ち去りたいようすが素振りからして、はっきりと察せられた。中瀬にしても、私とともに留まることは死ぬことであるし、さりとて、置き去りにして逃げるのも、情として忍びない苦悶がその顔に現われていた。

　朝の砲撃が開始される前触れとしてこの朝も、観測機が鈍い爆音を響かせて上空を舞いだした。またしばらくすれば集中砲火が浴びせかけられることは誰にも分かり切っていた。逃げるならば、空襲もなく砲撃も途切れている今、この時、観測機に見つけられないように逃げていくのが一番である。この絶好のチャンスを逸せずに立ち去ろうと、戦友たちは在留邦人たちが今残していった荷物の中から、目ぼしい物をそれぞれ取りまとめ始めた。私は、自分にかまわず早く逃げてくれ、とみんなに頼んだ。私のこの言葉を待っていたかのように、戦友たちは何か言うことはないかとか、部隊の連中によく報告しておくとか、色々と別れにふさわしい言葉を投げかけた。中瀬は、「俺は残っていようか」などと言ってくれたが、私は小隊長によろしく伝えてくれとだけ言って、一刻も早くこの場を立ち去るようにみんなをうながした。手回しの良い兵隊は、服から靴まで在留邦人の残していった遺留品の中から探し出してそれを素早く身に着け、中瀬をうながして立ち去って行った。

　しばらくして、鈴木という慶大出身のマラリヤ患者の一等兵がフラフラしながら戻ってきた。彼の言うところによれば、他の者と一緒にはどうしても歩いて行けないので、残って私を看護することに決めたのだとのことであった。そして、早速、邦人たちの残留品の中から、乾し芋などの食糧品を探し出して、私に食事させてくれた。食事を終わったころから、またひとしきり砲撃がものすごくなりだし始めた。五十発くらいずつ連続的に撃ちまくってくる砲撃は、まったくその響きだけでもすさまじいものであった。しかし、二人ともどうせ助からないものと観念していたせいか、割合と落ち着いていられた。ひと思いに砲弾で飛ばされてしまえば、この先の苦労がなくて、その方がありがたい、などと二人で話し合ったりしたくらいであった。

とかくするうちに、飛行機が飛んで来だした。例によって、ダタタタバリバリと、ものすごい機銃射撃の雨を降らした。もうすっかりおなじみになっていたものの、このせわしない銃音を聞くと、いつものように苛立たしい気持ちに駆り立てられ、いっそのこと、ひと思いに、早いところ、頭でも撃ち抜いてくれ、とさえ感じられたのだった。

やがてこの日も夕暮れが迫り、定期便のスコールが訪れ、小半時も一切のものを洗い清めて、またカラリと晴れ、空に美しい夕焼けが照り映えたころ、二人の日本軍人が私たちを発見して、ツカツカと側にやって来た。一人は将校で、他の一人は下士官であった。「オイ、早く逃げろ。何をまごまごしてるんだ。もう米軍はすぐそばまで来てるんだぞ」。こう言って、彼らは邦人の遺留品の中から目ぼしい物をあさり、それを身に着けると、私たちに向かって、「オイ、出かけよう。一緒に来い」と大声で呼びかけた。

私たちは二人とも歩けないことを説明した。「しょうがない奴らだな。棒でも杖にしたら歩けないか、肩につかまったらどうかネ」と下士官の方が私にたずねた。私はとてもだめだから、かまわず早く立ち去るようにと言い、なお、できたら手榴弾を一個、ぜひ恵んでほしいとお願いした。

何もかもすっかりあきらめ切った私の頭には、もはや逃げなければ助からないとただそれだけでいっぱいで、夢中で裸足のまま草ッ葉をかじりかじり逃げ歩いた、あの苦しかった退却中の、死んではならない、どうしても生きなくては、という切ない思いなどはマルデ跡形もなくなっていた。

将校は私の懇願にちゅうちょしたが、「いよいよという時まで絶対に使うな」と言い聞かすように言って、手榴弾を一個恵んでくれた。下士官は、何にしてもここにいては危険だと言って、私を背負って密林の入り口をちょっと入った格好の場所に運んでくれ、そのうえどこからか見つけてきた毛布を下に敷き、飯盒を枕元の岩石に立てかけ、「これに雨水がたまったらそれを飲むのだ。ここなら通りからもちょっと目につかないし、弾丸もそうは来ないだろうから、気を大きく持ってのんびり休むんだ。

決っして早まったことをしてはだめだぞ。よいか、「分かったナ」と、親切な言葉を残して将校とまた二人で山奥へと立ち去って行った。鈴木一等兵がこの時一緒に、私の隣に避難してきたことは言うまでもない。この時から、二週間ほど続いた密林の中の生活、それはまったく悲惨の二字につき、私の拙い筆ではとうてい十分にそれを表現することは不可能なものである。

来る日も来る日も、朝太陽が昇りだすと、時とともに暑さがジリジリとしだいに増してくる。日中、真上から灼けつくような陽に照りつけられ、しかも身動き一つできぬ苦しさ、この苦しさは何とも表現のしようのないものであった。化膿した足はちょっと動かしても激しく痛む、後にはついに少しも足を動かせなくなってしまった。暑さが厳しいうえに、蠅の多い土地柄、病院にいてさえ傷口にはよくウジがわくのに、密林の中に寝て、何の手当もしない私の足だ。三日目にはすでに小さい細いウジ虫が傷口いっぱいにウジャウジャと固まり、一週間もしたころには、はや、私たちが日本の便所などでよく見かけるような大きな白い奴までが這い回るようになってしまった。そのうえ虱までが体中をウズウズと這い歩き、やたらとむず痒い。

毎日はまったく単調であった。昼は灼けつく陽にジリジリと照りつけられ、夕刻にはスコールに猛烈に体を叩かれ、そのうえ副産物として、そのスコールが木や草についていた山蛭を押し流して運んでくるので、それらに吸いつかれてしまう。多い時は、五匹も丸々と太いのが体に吸いついていたことさえあった。

夜になればいくら南方でも山の中は冷えた。グッショリ濡れ鼠になった体に、山冷えは相当にきつくこたえた。しかし、ガタガタと身を震わす以外、何の術もなしようがなかった。来る日も来る日も、毎日はこの反復連続であった。

それに口にした物としては、初めの二日ほどは、鈴木が見つけてきてくれた草ッ葉があったが、それとても虫が喰ったあとがあるから毒草ではあるまいという程度の、名も知れない雑草に過ぎず、その後の十日というものは、まったく飯盒に溜まった雨水で咽喉を潤していただけであった。

毎日変化していったものを強いて探せば、砲弾着弾時の轟音が日増しに遠のいていったことぐらいであった。それでも最初のころは、もうだめだと、あきらめていながらも、当てにしてはならないと理性では思いながらも、それでも、もしかしたらという気で、人が来たようなガタッという音、バサリという音にも耳をそばだて、胸を躍らせたものであった。しかし、それも五日目ともなり、砲弾の轟音がはるか彼方に遠のいたころには、もうまったくあきらめるようになってしまった。

この日のことだった。マラリヤが日増しに悪化して、重体に陥っていた鈴木が、とうとう頭が妙になりだしてしまった。「俺は悟りを開いた。仏教は釈迦だ。一は一也。二は二也。地球が回転してる。早い早い、あゝずいぶん早くなってきた。苦しいナ、軍隊はいやだ、断然いやだ。戦争は残酷だ。俺は楽な所に行きたい。明るい所に連れて行ってくれ、頼む」。こんなとりとめのないことを、鈴木はいつまでも長々繰り返していた。マラリヤで脳症を起こしてしまったのだ。「砂をかめば治る」そう言いながら、彼は昼も夜も、たびたび、身の回りの土をつかんでは食べたり、自分の垂れ流した大小便を散々にこね回した手で、泥を握っては口に入れたり、吐き出したりしていた。私はもうこれではどうしてもだめだと思った。鈴木がこうなってしまっては、このままこうして痛みに耐えて生きていても、結局は飢餓のために死ぬよりほかに道はないのだと考えた。

日本人はもうこの付近を通ることもあるまいし、たとえ通ったとしても、歩行もできない私たちを救って連れて行くとはとうてい考えられないことであった。土地の人に見つけ出されれば、日本人に対する反感の激烈な彼らのことである。もちろん、その場で殺されてしまうに相違ない。米軍に発見されたとて、しょせん助かるものでもない。国際捕虜条約というものがあったにもせよ、この最前線で、進撃敢行中の第一線部隊が、動くこともできない捕虜を助けて連れて行くなどとは、日本兵の常識としては絶対に考えられないことであった。

情報でも得られる将校ならともかく、足手まといになるだけの傷病兵など、おそらく適当に処置してしまうだろうと、こんな具合に考えられたのであった。こう考え詰めてみると、しょせんどうしても助からない生命であった。それなら、こうして苦しみながらえているより、一刻も早く死んでいった方がはるかにましだ、との結論が得られた。そこで私は、手榴弾による自決を決意したのであった。

　幸いわたしの寝ている頭の方には手ごろな石があった。その石に手榴弾を強く打ちつけさえすれば、四秒か五秒であっさりと天国行きだ、とこう考えて、鈴木に私の決意を話した。「鈴木、俺たちはもうどうしても助からない運命なんだ。こうして毎日こんな惨めな生き方をしているよりは、ひと思いに死んでしまった方がたしかによいと思う。早けりゃ早いだけ苦しみが少なくてすむのだ。この手榴弾で一緒に死んでいこう」。もちろん私は、頭がおかしくなっている鈴木から、満足な答えを期待していたのではなかったが、黙って彼を道連れにするのは何となく気がとがめたので、こう話しかけてみたのだが、意外にも鈴木は、はっきりと反対して、「俺は嫌だ。俺は死にたくない。俺たちは助かる、キット助かる」と答えた。

それで私は、助かる見込みがまったくない理由を話したところ、途中でさえぎって、「イヤ助かる、キッと助かる。東京から飛行機が助けに来る。死ぬのは、いやだ」と反対し続けた。そこで私は、「日本の飛行機なんて一機だって来たことがあるか、馬鹿なことを言うな。飛行機があったらいくらなんだってこんな惨めな思いをしやしないぜ」と言ったところ、彼はなおも「イヤきっと来る。もう東京を発ったから、一時間もすればやって来る」と、あくまでも頑張る。私はつい、めんどうくさくなり、「馬鹿らしいことを言うな。ここをどこだと思っているのだ」と怒鳴ってしまったのだが、彼はそれでも引き込まず、「ここは館山さ。飛行機は来るよ、兄さん」と、ついに私を兄さん扱いにしてしまった。私が「シッカリしろ、俺が分からないのか。兄貴じゃないぞ」と言ってみたが、もうまったくだめで、後は何ともつかない取りとめのないことばかりを繰り返し繰り返しつぶやいていた。

このしまつではいつまで相手にしたところでしょうがないので、私はとにかく所期の行動をとることを決意したが、行為は簡単でも、踏み切りが容易に決しられなかった。傷がうずき、痛みが烈しくなると、こう苦しむよりは一刻も早く、と思って手榴弾を手にするが、いざ手に取ってみると、戦闘中の興奮状態とはまるで違って、静かな環境にいるだけに、走馬燈のように次々と色々なことが頭に浮かんできて、容易に打ちつける勇気が出ない。とかくするうちに、疼痛が薄らいでくると、何も急ぐ必要はない、万が一にも助からないとも限らない、といった横着な考えも出てきて、決行がちゅうちょされてしまい、再びまた痛みだすと、早く死んだ方が楽だと思い、また薄らぐと、あせることはないと思い、二つの考えが何回となく繰り返されたのだった。

もちろん、そうした合間に、家族や親しい者のことなど色々と思い出されたりした。そんな思いを繰り返しているうちに、いつの間にか夕刻となり、またスコールを迎えてしまった。スコールは例によって烈しい降りで、この日もまた、頭の平たい草色の山蛭が体に吸いつき、その痛痒い不快な感触は、またしても自決の決行を促したのだった。

私はこの時、何も考えずに、一、二、三で掛け声もろとも、パッと、石に叩きつけるのが一番良い方法だと考えた。そしてすぐにそれを実行に移したところ、一、二までは無造作に出てきても、三がどうしても出てこなかった。ヨシ、今度こそ、と思ってやってみるが、いつもどうしても三は出てこなかった。この一、二、三で打ちつけるという名案もやはりだめであった。

戦闘中とか、夢中で何も考えずに逃げ歩いている時とか、とにかく目茶苦茶に興奮している時ならば、自決もあんがい容易にやれるのであろうが、私のような意志の弱い人間にとっては、落ち着いた環境にあって色々と物が考えられるような状態にあっては、実際簡単な行為であっても、この踏み切りが容易に決っしられないものであった。

事実、環境はまったく静寂で、砲弾はいつも頭上を通り越して遠く彼方に飛んでいってしまい、付近には一つとして落下するようなことはなかった。飛行機も、もうまるで姿を見せなくなっていた。半音程で、ガムラン音楽に出てくるあの美しいボナングに似た音で、鳥が鳴くのがよく聞かれた。トッケートッケーと鳴くトカゲの声も耳を打った。隣の鈴木は相変わらずブツブツと低く高く、弱く強く、取りとめのない戯言を繰り返していた。

　無気味な静寂とでもいうのか、密林の夜の静けさは色々なことを次々と考えさせて、容易に死ねなかった。夜が更けるにつれて、山独特の冷えた空気が私に悪寒を覚えさせた。寒さがウジ虫にも感じられてうごめくのか、傷口の疼痛はいちだんと烈しく、ズキンズキンと頭の芯までも響くようだった。もうたまらない、やり切れない、こう疼くのでは一刻も早くしなけりゃ助からない。自分はよい年をして、だいいちだらしなさ過ぎる、と私はもう何でもかでも一気に手榴弾を石にガンとばかり叩きつけることに覚悟を決めた。

　実際、この時ほど私は、特攻隊を志願して潔く散っていく若者たちの勇気をうらやましく思ったことはなかった。こんなにまで未練がましい自分は、日本人なのか、とさえ思った。あまりにもだらしなさ過ぎる自分が情けなく感じられた。

よし、今度こそやるぞ、と固く覚悟を決めて、上半身を半ば起こして、私は一気にガンと思いきって石を目がけて力一杯に手榴弾を叩きつけた。ゴツンとした手ごたえがあって、ハッとした瞬間、私は無意識にその手榴弾を横に置いた。否、置いたというよりは、発作的というか、本能的というか、夢中でその手榴弾を手から放してしまった、と言った方が正しい。手榴弾を握っているという恐怖から逃れたい一心が、本能的にそうさせたのであろうが、私はなお夢中で下に敷いていた毛布の端をひったくるように握ると、それで顔をサッと隠してしまった。いや、顔をその中に突っ込んでしまったといってもよい。しかしそうしていても、毛布を握っている手は、ブルブル、ブルブルと絶えず細かく震えて止まらなかった。長かった。実に長く感じられた。いつまで経ってもウンともスンとも音一つしなかった。待つ身は五秒でもイライラするほどに長く感じられる。四秒ないし五秒で爆裂するはずの手榴弾だが、待つ身には、その数秒も、まったく長かった。毛布を握っている手はもうビッショリと、脂汗をかいてしまった。長い、あまりの長さにたまりかねて、ソッと毛布から頭を出してみた。弾丸は側に置かれたまま何の異常も認められなかった。月明かりに目を据えてジッと見たが、何の変わりも見られなかった。

変わりないその手榴弾を見た自分は、ホッとして、何とも言えない妙な気で、ガックリと力が抜けてしまった。実際、実にデリケートな気持ちだった。助かったというれしいような気持ち、危なかったというホッとした気持ち、失敗したというガッカリした気持ち、不発弾かしらという疑いの気持ち、とにかく種々雑多の気持ちが一緒になって、まったく形容のしようのない変妙な気持ちになっていた。強度の緊張から解放され、体中の力が一時に抜けて、私はガッカリして、しばらくグッタリと横になって呆然としていた。それからだいぶ時が経って、ようやく平静を取り戻したころ、また疼痛が感じられてきた。ズキンズキンと柔らかくやってくるのはよいが、ズキズキ、ズキズキと急激に突き刺すようにくる痛みだけはまったく耐えられないものであった。私はまた痛みに耐えられなくなり、よし、どうしてもやる。今度こそうまく狙いをつけて、失敗しないぞ、と固く決心して、再び手榴弾を手に取った。

昔からよく自殺を仕損じた者は二度とやりたがらないとか、死にそこないは死を人一倍怖れるとか聞いていたが、再度の決行を決意した私の心境は、これらの言い伝えとは違い、一度目よりはるかに気が軽かった。これは今考えると、痛い苦しい思いをして死に損じた者は、本能的にその痛苦を恐怖して人一倍弱気になるのであり、私の場合のように苦痛を伴わない自殺失敗者は、再度の決行がさして苦にならないのであろうと解されるのである。そのうえ、不発弾かなという潜在意識も多分に働いていたためでもあろう。何にしても、二度目の決行はほとんど何らのちゅうちょも伴わなかった。

一、二、三で、今度はジッと石を見つめながら手榴弾をガンとばかり打ちつけたが、私のこの決死的努力も報いられず、ヒョッとしたらの思惑通り、それは不発弾であった。そしてついに私は完全に失敗者となってしまった。最後の手段として取り残されていた手榴弾が不発弾だったのでは、もう私たちはすべてを天に任せるほかはなかった。手榴弾を近くに投げ捨てると、私はまたがっかりしたような、ほっとしたような、どうにでもなれといったような、言いようのない捨て鉢的な気持ちで、しばらくの間ポカンとして横になったままでいた。

　それから後の毎日は、来る日も来る日もまた同じような日の連続反復であった。夜が白んでしばらくすると、カラオ鳥をはじめとして名の知れぬ数々の鳥が、もはや戦場でなくなったこの密林を謳歌して、ひとしきり囀りわたり、日が昇り、陽光が木の間から射し込んでくると、暑気がしだいに増してきて、正午ころの直射はまったく耐えられぬほどにジリジリと照りつけ、体中はいつも汗ビッショリになってしまう。塩分のない汗は、もう舐めても塩辛くさえない。腹も以前ほど空腹は訴えなくなったが、咽喉だけはむやみと渇いた。飯盒に溜まった雨水で、時折口を潤してはホッとするが、体中はもうただだるいような、所在ないような感じだけである。時々思い出したようにズキズキと疼痛が烈しくなる。虱の這い回るむず痒さも、もうさして気にならなくなった。

　砲声もボンという発射音と、ピューという頭上を走る音だけで、グワーンというあのものすごい至近弾の音は聞かれなくなった。黄昏近くなれば、判を押したように決まってひとしきり猛烈なスコールが襲来してくる。山蛭は例によって、スコールに便乗してきては強引に吸血する。その痛痒い感覚に耐えかねて、やっとの思いで手を伸ばしてそれを取り除こうとしても、あの執拗に喰い入った山蛭は、力のない指では容易に取り去れはしなかった。むだと知りながらも、いつもそのむだな努力が繰り返されていた。トッケートッケーというトカゲの声が異様にこだまして聞こえてくる。時折、ギャーギャーと得体のしれぬ動物の鳴き声が耳を衝き、無気味感を増す。スコールの後の夕焼け空の色合いの美しさ、これだけは日本では絶対に見られない形容しようもない見事なものであった。見慣れた目にもまったくすばらしいこの空模様は、しかも夜の帳がすっかり下り切るまで、刻々様々に美しい変化を続けていった。世界的と言われるマニラ湾の夕照、それに比べても何の遜色もない立派なものである。夜は、大蛍が流星と紛らうばかりに強い光を曳いて、スーイスーイと樹間をぬって、二人のたいくつさを慰めてくれた。

だがしかし、このせっかくの自然美も、傷つき病んで倒れている二人の肉体的苦痛には何の薬にもならなかった。幾日も何の手当もしない傷は化膿がひどく、日増しに悪化していった。股の付け根の所までが、リンパ腺が腫れたのだろう、大きなグリグリした塊ができて痛みを覚えた。草ッ葉一つも幾日となく口にしないので、衰弱は加速度的に加わり、蠅が顔に止まり、蟻が口のまわりを這っても、それを追い払う気力さえもなくなっていった。まったく手を一つ動かすことさえが本当に億劫になっていった。

こうした毎日が一週間以上も続いて、密林に置き去られてから数えてちょうど十二日目の朝だった。夜が明けてからまだ二時間経たない早朝、もうすっかり衰弱し切って骨と皮ばかりのミイラのような姿に変わった鈴木が、突然「人が来た」と言った。声は小さかったが、叫んだと言った方が適切なくらいの鋭い声で「人が来た。声がする。人がやって来た。話してる」と言いだした。私は頭がおかしくなった人の戯言と思って最初は取り合わなかったが、二、三度続けて鈴木が言ったので、ジッと耳をすましてみた。そのころは、私も一つの所をジッと長いこと見つめることができなくなっていた。そうしているといつの間にか瞼が閉じられてしまうくらい体が弱っていたほどだが、ジッときき耳を立てていると、たしかにザワザワと音がしているようである。しかし今までに何度となく「人が来た」「人だ、人だ」と思っては、いつも空耳だったので、音はたしかのようでも容易に人が来たとは信じられなかった。

しかし、その音は、しだいに強く、しだいに大きく迫ってきたばかりでなく、たしかに人の話し声のように聞き取れるようになってきた。「人だ、人がやって来たんだ」。私も思わず鈴木にこう言った。足音はいよいよ近くに迫り、言いようのない不安がまた急に体の内からわき上がった。「何だろう。誰だろう」。私はソッと音のする方向に頭をねじ曲げてみたところ、カーキ色の軍服に身を固めた米兵が五、六名、私たちの方に向かって歩いて来るのが認められた。米軍だ。瞬間、私はハッとして、身の引き締まるのを覚えた。だがしかし、身動き一つ十分でない私たちに何ができよう。私はもうまったく観念の目を閉じた。あきらめよう、あきらめるよりしかたがない、殺されるなり、捕虜になるなり、どうでも勝手にしろ、といった気持ちで、躍る心を抑えながらジッと目を閉じていた。バタバタバタバタバタ、駆けて来る足音だ。二人を発見したのだ。それに違いない。私がハッとして目を開いた時は、すでに私たちの周囲はグルリと米兵たちに包囲されていた。指揮者らしい男がピストルを私に突き付けて「起きろ」と叫んだ。私たちのまわりを取り囲んでいた兵士たちは、いずれも自動小銃の銃口を二人に突き付けて、油断なく身構えていた。「起きろ」。ピストルを持った指揮者は、また大声で叫んだ。私は、だが答えなかった。

もちろん、体を起こす気力などはなかった。言葉が通じないと思ってか、彼は兵の一人に向かって何か合図した。合図された兵は、私の側に来た。鈴木は、相変わらず訳の分からぬことをブツブツつぶやきながら、土を拾っては口に入れたり出したりを繰り返していた。私は途切れ途切れに「起きられない、歩くこともできない」と英語で答えた。その兵は指揮者としばらく何かを話し合っていたが、やがて他の一人の兵と連れ立って、今来た道を引き返して行った。指揮者らしい男は私の傍らにかがんで、煙草入れから煙草を一本取り出して吸えとすすめてくれた。私は砲弾で足をやられ、もう十日以上もこの山中に何一つ口にせず、雨水だけ飲んで寝ていたことを手短に話した。そして隣に寝ている男は戦友であるが、マラリヤに冒され、頭が変になっていると付け加えておいた。「クレージィ」と言って、彼はちょっと顔をしかめた。が、気がついたように、また煙草入れを取り出して、鈴木にも一本抜き取って与えた。ほどなく先に戻って行った二人の兵がタンカを持って来た。私と鈴木は、即座にそのタンカにかつぎ入れられた。置き去られて十二日目に、このようにして私たちは、米兵たちによってやっと密林から外にかつぎ出されたのであった。

米兵たちがたくさんいる広い道路（と言ってもわずか一間半（約二・七メートル）くらいの幅の道）に出た時、私たちは路上に降ろされ、その場で傷に応急の処置が行なわれた。

それからまた再びタンカに乗せられて、両側に銃をかついだ兵が一人ずつ付き添って運ばれて行った。その広い通りをしばらく進んでから、私たちは細い横道へと入って行った。両側は樹木が密生した暗い道であった。観念してはいたものの何となく気になったので、私は銃を肩にし、タンカの横に付き添っている兵に、「私たちはいったいどのへんで殺されるのだ」と尋ねてみた。しかし尋ねられた兵は、妙な顔をしていたが、私の言ったことの意味を解しかねたのか何とも答えてくれなかった。

暗い道がしばらく続いて、また再び広い明るい所に出た。そこには米兵たちがかなりたくさんに見られたので、私はここで尋問でもされるのかなどと思ってみたが、予期に反して、タンカ運搬兵の交代をみただけで、なおも続けて運ばれて行った。

なおしばらく行くうちに、処刑にはふさわしいような淋しい場所に来た。「私たちの死に場所はこの付近か」と質問してみた。しかしまたしても回答は与えられなかった。その場所を過ぎ、しばらくするとまた今度は相当大きな広場に出た。ここにはたくさんの米兵たちが駐屯していた。

ここで私たちはタンカから下ろされて、休まされた。私は何か尋問でもあるのかなどと思っているうちに、間もなく身なりの整った長身の人がやって来た。兵は、将校だと私に教えてくれた。彼は、傷は痛むかとか、腹が減っているかとか、生まれはどこかとか、また、英語はどこで習ったかとか、簡単な質問を私にした。私は正直に何でもハッキリと答えた。十日以上も何も食べていないと言ったら、驚いた顔をして、早速近くの兵に言いつけてパンを取り寄せてくれた。何か軍隊に関する質問でもあるかと思っていたところ、兵種と階級を聞かれただけで、別に何も尋ねられず、またもやタンカ行進が開始された。川を渡る時、米兵たちは腰まで浸りながら、それでも私たちを濡らすまいと懸命の努力をしてくれた。坂を上る時、タンカが揺れるたびごとに「痛くないか」と聞いてくれた。万事につけ、実に細かい点まで心がけてくれた。

米兵たちの全身はグッショリの大汗で、銃をかついで側に添って歩いている兵の顔からは、玉の汗が流れ散るのがよく見えた。

その日は実際に暑かった。運ばれている私でさえ、照りつけられる暑さに耐えかねて、無遠慮に水を要求したくらいであった。

ひと休みしてコップ二杯の水を、私と鈴木と米兵たちとで少しずつ分け合って飲んだ時、本当に私たちはホッとひと息したのであった。

この時も、なお私は「いつ殺されるのだ」と同じ質問を執拗に繰り返した。一人の兵が私の真剣な質問に対して微笑みながら「心配するな、病院に行くのだ」と、やっと答えてくれた。しかし、そうは言われても、なお私は半信半疑の状態であった。気休めではないかとも思ったりした。

しばらく休憩した後、私たちのタンカ行進はまた続行された。ぬかるみの道や急坂にさしかかった時は、米兵たちは実際親身になってよく気をつけてくれた。

道すがら私は、捕虜になったらもう二度と日本の土は踏めないだろうとか、足を失ったらいったいどうなるのだろうとか、ただ一人異郷で不具の身で生きる不安に襲われ、次々と色々なことが考えられ、とにかく何にしても大変なことになったものだと心を痛めたのだった。

死に対する恐怖がようやく薄らいだら、今度は急激に生に対する恐怖が私を襲い、悩まし始めた。

米兵たちは黙々と、暑い苦しい運搬を続け、私は私で目を閉じて走馬燈のように次々と浮かんできては尽きることのない雑念と闘い続けた。

揺られ揺られて幾時間かの後、「ヘイ、ウェーク・アップ」と私は米兵に揺り起こされた。そこは広い大通りであった。そして道路の中央には、赤十字のマークも鮮やかな救急車が待っていた。

米兵の言葉は気休めではなかった。

私も鈴木も本当に救われたのであった。

まったく夢のようであった。

助かるわけのないはずの二人が、こうして現実に助けられたのであった。赤十字の車を見た瞬間、私の雑念はサラリとスッ飛んでいってしまった。——私は米兵たちに対する感謝でいっぱいになって、夢中でただ、サンキュー、サンキュー、を繰り返していた。

車はその場から病院に直行した。

そこで私は出征以来、待望し続けた平和の生活を再び取り戻すことができた。

動物的生活から、人間的生活へ！

奴隷から、自由人に！

こうして私はまた再び還元したのであった。

付　現世の餓鬼道

みなさんもたぶん、真相はこうだということを聞かれたことがあるでしょう。それによれば、我が将兵の尊い生命がルソン島だけでも四十万から失われ、レイテ島では十二万以上に及ぶ多数の者が散華したとのことですから、比島全部の我が軍戦死者の総数はおそらく私たちの想像以上の大多数にのぼるのではないかと思われます。

私が傷ついたミンダナオ島でもそうでしたが、後になって私がルソンやレイテの病院に移された時、そこに収容されていた人たちから聞いたところによっても同様で、とにかく比島ではどこの島でも、戦死者の多くは弾丸に倒れるというような華々しい死に方をしておらず、大部分が山中に逃げ込み、食べ物につまり、ミミズ、トカゲ、蛇、蛙、カタツムリ、アブラムシ、オタマジャクシといったような、以前なら口にするのも嫌らしい虫類や雑草類を口にし、住むに家なく、寝るに床なく、雨風にまで打ちさいなまれ、とどのつまりが病死か餓死という実に惨めな死に方をしているのでした。

そのようなことで、留守業務部や地方世話部などで、戦死者としていちおう体裁よく回答しているものの多くも、実のところ、いつどこでどんな風に野たれ死にしていったか、それがはっきり分からないものが大部分であろうと思われるのです。

事実、現地では、部隊も何もなくなってしまい、三人、五人と連れ立って山中に逃げ込んだ者がたくさんいましたが、これらの者も食べ物がなくなり、みんなが死んでしまえば永久に分からないはずです。また、上官の過酷な仕打ちに耐えかねて脱走して山に潜入した兵隊たちもたくさんいましたが、こうした人たちは、米軍にしろ、現地人にしろ、日本軍にしろ、とにかく人にさえ見つかったなら絶対に助からないという気で、たいていは人から見つかりにくいような深山幽谷に逃げ込んでしまっているので、未だに戦争が終わったことも知らず、山を下りずにいる者が相当いるようなしまつです。もちろん戦争が終わったのを知っていても出てこない連中も、ルソン島のマキリン山あたりにはまだ二千人からいるとのことですが、その動物的生活を考えると、まったく悲惨の極みです。

現地の食糧事情について、私は帰還後、熱海の国立病院に入院中、変わった質問を受けたことがありました。

それは、私たちが南方帰りの傷兵と知って、老婆の長男も南に出征したきり未だに帰らないとの前置きのもとに、南の戦地では伝えられているような食糧地獄が本当にあったのか、ああした種々の食糧難の話はかけ引きのないところ事実なのかどうか、それを聞かせてほしいと質問されました。私は、もちろん即座にその事実を肯定したうえ、現に私自身、鼠の塩焼きなどは焼鳥の味に似て、旨い旨いと言って喜んで食べたものだと答えたところ、ちょうど私の後ろにいたミレ島帰りの蔵谷という病友も、八か月も飯を喰わず、収容所で米の飯にありついた時は涙が出てならなかったと言いました。

老婆は私たちのこうした回答が非常に満足だったらしく、実は私もそうした話がみんな本当の話だと信じていたが、先日近所の寄り合いの席で近くに住む中年男から、ああした話はだいたいが嘘でたらめで、兵隊たちが自分たちの苦労を誇張して話すためにデッチ上げられた作り話にすぎないと聞かされたので、ついそれが気になって今のような失礼な質問をしたのですと、質問した動機を説明してくれました。しかしそれを聞いた時、まったくのところ、私たちは唖然としてしまいました。実際、何と言ってよいか分からない実に妙な気持ちになってしまいました。

日本の人たちの中には、特に空襲一つ受けない熱海のような極楽境に住んでいて、赤紙の脅威圏外にあった中年の人たちの中には、未だにこのような認識不足もはなはだしい人がいるのかと、口惜しいような、情けないような、嘆かわしいような複雑異様な気に打たれました。

軍隊生活をしたことのない人には、軍隊がいかに封建的で野蛮的であるかを話しても、とうていそのままには信じられないように、激戦地の話も、実際野戦で苦しまぬ者にはまったく想像もつさかねるようなことがたくさんにあるのです。ちょうど空襲を体験しない人には空襲の真の恐ろしさが分からないように。——

しかしそれだからと言って、自分のいい加減な考えで勝手に色々と決めてしまわれては、死んだ兵隊たちがあまりにもかわいそうです。

赤紙一枚で駆り出され、生き地獄の戦地に連れていかれ、さんざん苦闘したあげく、傷ついたり、栄養失調やマラリヤ、赤痢、破傷風などのために動けなくなり、置き去りにされて野たれ死にしていった数多の兵隊たちに、いったい何の罪があるのでしょう。

そうした尊い死も、今では一片の価値すら認められなくなり、たまたま英霊の遺骨箱が戻ったとしても、大部分の者がそれに無関心というのが現状です。指導者を誤信して戦った罪があるというならば、それは一般国民も同罪であるはずなのに、同胞からまでこうした冷たい仕打ちを受けては戦死者もまったく浮かばれまいと、私はいつも亡き戦友を想い、口惜しい涙にむせぶことがあります。

遺族も、これではますますあきらめきれないことでしょう。遺族も、口先では御国のためなどと強がりを言っていても、腹の中ではみんな泣いて泣き抜いているのが本当のところです。

いくら戦いに敗れても、罪なくして苦しむ遺族や傷兵や、その他の不幸な戦災者たちには、人として、同胞として、本当にできるだけのことはしてあげたいものだと私は痛感しています。

さきの老婆の話に戻りますが、あのような暴言を吐いたその男は、なおもそのうえ、軍隊にいて米を喰わないナンテことがあるものか、飯一つくれぬ軍隊がどこにあるのか、とも言ったそうですが、これも現地の事情に疎い方からみれば、いちおう無理もない考えとも思われますので、まず最初にこの不審に対する説明をしてみたいと思います。

　現地では、私のいた島でも、連合軍が上陸して来るかなり以前から芋食で、それも状況悪化につれてしだいにその数が減っていき、米軍が上陸したころには、細芋がわずかに一本ないし二本当てがわれるに過ぎない心細い状態に陥り、米軍の追撃が身近に迫り、部隊も何もなく各人がバラバラになって山奥に逃げ込んだころには、もちろんそれさえも与えられないような情けないありさまとなってしまったのでした。

　ではいかにして軍隊にこんなにも米がなかったのか、というと、もともと比島人は私たちと同様に米を常食しているのですが、戦前から外米を輸入しているようなしまつで、比島人だけでも自給自足が不可能であったのに、そこに一度にドッとばかりたくさんの日本軍が入り込んだのですから、現地米だけではいかに工面してもまったくどうにもならないことは言うまでもないことです。外米の輸入を期待していたのですが、輸送船がドシドシ海底の藻屑と化していくようになり、ついにはまったく米が入らなくなってしまったのですから、非常な恐怖を期したわけです。外米は入らず、貯蔵米は非常用予備米を残してあとは食いつぶしていったのですから、米不足がどんなに深刻だったかは想像していただけることと思います。

飯は混ぜ飯となり、粥となり、雑炊となり、そしてついにはトウモロコシの代用食となっていきました。みんなが細芋をかじりかじり、激烈な軍務に励みました。病人は増加する一方でした。それでも相当の予備米だけには手をつけず、非常時に備えて大切に保管していました。

しかしそれも、実際に非常時に直面して猛烈な空襲や痛烈な砲撃に悩まされ、河を渡り、岡を越え、崖をよじ登り、ぬかるみを滑るようにして奥へ奥へと逃げていくようになっては、どうしてその予備米が運搬できましょう。

車で運ぶことさえ不可能です。背負子で運べるだけはもちろん運んでいきました。しかしそれとて極く最初のころ、空襲の危険を避けながら夜間作業で少々運んだだけで、後になっては昼も夜も逃げて行くということだけで、それだけが精一杯というありさまになってしまいました。そのころには兵隊はみんな、寝不足と疲労と絶望感とで身も心もすっかり弱り切ってしまい、誰も重い荷などかついで歩ける者はいなくなってしまいました。

壕を掘る時シャベル代わりに使用するのと、モミをつくのに必要だった鉄帽も、いつの間にか捨て去られ、野宿に必要だった毛布も、快速な追撃に追いまくられて、ゆっくり睡眠など貪れる余裕がなく、どこかに置いていくしかありませんでした。

護身用に、鳥獣の獲得に、これだけはと後生大事に抱えて歩いた小銃も、重たいので持ちきれませんでした。大皇陛下の兵器といわれ、ちょっと倒してさえも目茶苦茶に殴りつけられる大事な銃までも捨ててしまうようになっては、もう後は何でもかでもできるだけ身軽にするために、身に着けていた物は片っ端から取り除いていかれました。歩き続けるだけが本当に精一杯の痩せ衰えた潰瘍や疥癬だらけの兵隊に、米があったにせよ、どうしてその重い米をかついでいけるでしょう。

また第一、頻繁な空襲下では、どんな人間でも米があっても悠然と飯を炊いて食べたりしていられるわけがないでしょう。
軍隊にいて飯が喰えないナンテ馬鹿なことがと頭から否定するような人でも、こうしてよくお話すれば、当時の状況もよく分かり、納得していただけることと思います。

では、このようなひどい食糧不足がどんな悲惨事を招いたか、みなさんにはおそらく想像すらつかないような色々な出来事がありましたから、そのいくつかを紹介してみたいと思います。

昔からよく、米の飯とお天とう様はどこにでも付いてまわると言いますが、しかしこれも戦時には通用しないように、日本では嘘としか信じられないようなことが戦地では盛んに突発しました。

陸軍部隊が海軍の者を襲っては食糧を奪い取ったり、同じ陸軍同士でも、ある部隊の者が他部隊の者を急襲して食糧を奪い去ったり、こんなことが戦地では各所で行なわれたことを私は収容所で大勢の兵隊たちと話し合って知りました。斬り込みというと勇ましく立派に聞こえますが、これは戦地では食糧品盗み取りの代名詞でした。兵隊の中には、比島人の田畑を荒らし、トウモロコシやナスなどを盗み取ってきたり、ひどいのになると家に押し入り、抵抗する比島人に暴行を加え、食糧品を強奪するような乱暴者もみられました。また、非力の在留邦人の婦女子の持ち物まで力づくで掠奪していくような残忍な者もいました。六、七歳の邦人の子供が裸足で砲弾下をフラフラ逃げ迷っていた時、その子の背にした食糧の包みに目をつけて、泣き叫ぶ子供からそれをもぎ取っていった無情冷酷な下士官も見られました。お話にも何にもならない地獄図が各地各所で展開されました。

日本の軍隊では、兵隊から批判力を奪い、強引に上官の命令は朕の命令であるの一点張りで、絶対服従を兵隊たちに教え込みました。そうした教育を受けて鍛え上げられた兵隊たちは、上官の命令が少しでも徹底しないような惨憺たる敗戦状態になっては、生きている人間だけに、糸を切られた操り人形よりもいっそうしまつの悪いものになりました。

食べ物がないところに、自分たちを拘束するものがなくなって、兵隊たちは生きるためにそれぞれ勝手に行動したのですから、無警察状態どころの騒ぎではありません。一瞬の後には死ぬかも分からないという気持ち、どうせ助からない命だという自棄的な気持ち、そうした色々な気持ちと、続けざまに四、五十発も撃ちまくってくるものすごい砲撃などにあおられて、やみくもに興奮した兵隊たちの中にはまったく悪鬼のような所業を平気でやりのける者も少なからず出てきました。

患者や体の衰弱し切った連中は、そうした乱暴を働いて食糧を得ることなど絶対にできませんので、みんな、家にいれば手を触れるのさえゾッとするような気味の悪い色々な虫や名のしれぬ雑草の葉などを口にして、わずかに生をつないでいたようなしまつでした。それなので、まずこれらの連中が、栄養失調やマラリヤなどで最初に倒れていきました。

手当さえ早ければ十分に助かるような病人や負傷者も、情け容赦もなく捨てていかれたので、みんながみんな食べ物に飢えながら、苦しみ痛み続けて恨み死んでいきました。

私はビリビッドの病院でベッドを隣にした戸田という老人から、日本の敗残兵は米軍よりこわいとの語りだしで、昔話にでもありそうな次のような体験談を聞かされたことがありました、

老人といっても戸田氏は気もしっかりしたなかなか元気な人でしたが、山を目指して逃走中のある日の黄昏時に、行く手に現われた三人の日本兵が、「おじサン、食糧を背負っての夜行軍は危険だから止めにしなさい。命をとられてはおしまいだろう。少し先に行くと右側に掘立小屋があるから、そこで一泊して明日の朝に出かけるとよい。悪いことは言わぬからそうしなさい」と、親切気に教えてくれたので、老人もその親切を謝し、教えられたままにその小屋に休んだところ、深夜一発の銃声とともにドヤドヤと四、五名の兵隊がその小屋になだれ込んできたので、老人はとっさに身の危険を感じて付近の草むらに逃れ、ソッと中のようすをうかがっていました。それと

もしらぬ兵隊たちは、老人のリュックをかつぎだして、いずれかへ立ち去っていきましたが、月明かりに浮かんだその一人の顔は、まぎれもなく昼間会ったその兵隊だったというのです。伝説か何かにでもありそうな話なので、「まるで安達ケ原の鬼婆の話みたいですね」と私がつい口を滑らしたところ、老人も「昭和の今日、こんなひどい目に遭うなんて、まったく馬鹿らしくて、馬鹿らしくて……」と苦笑されたものでした。

このような話は平凡なくらい、とにかく現地の事情はひどいもので、日本の常識ではとうてい考えられないような凄惨極まりない飢餓地獄が随所に色々な形で現出されていました。

腹が減ってはイクサができぬとは、昔の人もなかなかうまいことを言ったものです。比島の戦死者たちは、戦闘どころか実際一発の弾丸も撃たず、戦争を呪い、軍閥を恨んで死んでいった者が絶対多数でした。

事実、兵隊たちの戦意は極めて低調でした。みんなどんな小さな国でもよい、平和な国に生まれればよかった、三千年の歴史が何でありがたいのだ、何が無敵日本だ、と恨みとも愚痴ともつかないことを折あるごとに語り合って嘆いたものでした。

人は誰しもその故郷が、その祖国が一番懐かしく、一番好ましく思われるものです。それなのに、兵隊たちに日本に生まれたことを不幸と嘆かさせるようにしたその罪は、いったい誰にあるのでしょう。

切断を免れた足

ミンダナオ島南部のダリヤオン病院――それは私が捕らえられたその夜、送りこまれた病院であった。病院は海辺に天幕を張りめぐらした、にわか造りの野戦病院といった感じのものだった。

私がここにかつぎ込まれたのは夜であった。着ていたものを一つ残らず脱がされ、身体をすっかり拭き清められると、夜遅くではあったが、私は直に手術室へと運ばれた。そしてそこへ着くなり、すぐに手術台の上に仰向けに寝かされ、まもなくあの強烈な胸糞の悪くなる薬品の臭気を意識した。妙な気持ちの悪さと頭痛を覚え、私が目をさました時はもう朝になっていた。手術は昨夜のうちに滞りなくすまされていた。そして私はキチンと二列に並べられていた一番端の寝台に寝かされていた。しきりに嘔吐を覚え、何回か水のようなものを吐き出した。食事は何年ぶりかに見るソーセージやホット・ケーキや卵といった、見るからにおいしそうなものばかりがならべられていたが、私は気分が悪く、コーヒーをホンのちょっと口にしただけで、その日一日は何一つとして咽喉に通らなかった。

やがてアメリカの軍医官が見えて、手術の結果次第では気の毒だが足を切断しなければならないが、それを承知してほしい、との手痛い宣告が下された。予期してはいたものの、私の心はさすがに相当に動揺した。それで私は、だめなものならばやむを得ないが、なるべく痛くなく、手術してもらいたいと、意気地ない懇願をしてしまった。「オー・ケー」と大声で元気よく返事して、約束したぞ、と言って、彼は握手をして立ち去って行ってしまった。

私は今までばくぜんと考えていた恐ろしいことが、すぐにも具現化されそうになったので、妙に落ち着かなかった。人に何か問われても、返事はいつも上の空であった。えい！ どうにでもなれ！ といった捨鉢的な気分になったりするかと思うと、またすぐあきらめられず、足のなくなった場合のことを色々と考えたりした。そうしたチグハグな気持ちのまま、ついに夜を迎えてしまった。

その夜のことであった。私の隣の寝台の患者が足を膝頭から切断されて、手術室からもどってきた。膝頭いっぱいに巻き付けられた包帯にはもう血がにじんでいた。その痛々しい姿を見た私は、捕虜になり、日本に帰れず、さらにまた片足となって異郷に留まるものの惨めさを思い、一晩中悩み明かした。

だが、眠られないのは、私だけではなかった。痛イ、痛イ、水、水、と絶えず泣きじゃくっている五、六歳の女の子もいた。「母チャン、水あるよ、兵隊サンがくれたよ」などと、熱にうかされてたわいないことをわめいている母を失った在留邦人の遺児もいた。あちらでも、こちらでも、痛みをジッとこらえているらしい。ウーン、ウーンと言う気味悪いうめき声がもれていた。

まだ山では戦闘が行なわれていたころであったし、戦場からは続々、昼となく、夜となく、足腰の立たないひどい負傷者や病人が送り込まれて来ていたので、夜でもここは、日本の病院のようにひっそりとしていたことは一度もなかった。係りの米軍将兵たちは手が足りず、多忙を極めていたが、それでも痛みを訴える患者の一人一人を親切に見舞っては応急の処置を講じていた。

　翌朝になると、私の隣の患者も麻酔からさめたが、痛みがひどいらしく、しきりと苦痛を訴えていた。目が宙に座り、手を空中に泳がせては、虚空をつかみながら「イタタタタ、目が見えない、痛イヨ、殺してくれ！」と無我夢中にわめき立てたり、泣き騒いだりし通しであった。私はこれを見てゾッとしてしまった。本能的に足を切ることに恐怖を感じてしまった。すっかり怖気づいた私は包帯交換の時、軍医官に、約束はしたが何とか足を切らないですましてくれと、懸命になって頼みこんだ。軍医は、最初は私の違約をなじったが、しかしそれでも、できるだけ自分も手を尽くしてみると言って、私の願いを聞き入れてくれた。そして日に何回となく私のベッドにやって来ては、言葉通り実によく努めてくれた。こうした状態で不安の数日が経過し、私は二度目の全身麻酔手術を行なうこととなった。そしてその結果、私の足は――生まれてからいつもズッと一緒であったこの私の足は――切り離されないでもよいということになった。

その歓喜――自分の身体の一部が、失われないですんだという喜び、つまり人並に足のそろった人間でいられるという歓び――それはかつて経験したことのないほどの大きな、大きな歓喜であった。

私は戦いの苦しい体験を経て、ふだんはまったく当たり前の何でもないと思っていることが、その実、どんなにありがたいことか、またそれが失われた場合、どんなに不幸であるかということを、ひしひしと知ったのであった。

追記

この手記を終わってホッとしていたところ、最近私の家宛に「民政課社会係」というところから謄写版刷りの葉書が届けられました。

文面には、

私の戦死公報に接したから印鑑を持って社会係まで出頭するように

と記してありました。

戦後、しきりに「生きている英霊」という言葉が喧伝され、演劇に映画に、さまざまな悲劇と人の心の純情さとを映しだしていますが、これでいよいよ私もその部類に属することとなったのです。

ところで、こうした通知もその本人がいたからよいようなものの、もし復員していない子供を持つ老婆のもとにもたらされたとしたら、その子供は一人息子で、焼け出された老婆が一人淋しく待つのであったとしたら……、と私は考えてみました。

かりそめにも、人ひとりの尊い生命です。それは大いなるものにとっては蜉蝣の命にしかすぎないものでしょうが、結ばれた一連の人々にとっては、それこそかけがえのない存在なのです。聞くところによると、白木の箱が駅頭にさらされ、多数の英霊が去就に迷っているといわれています。いかに戦争が終わり、道徳が頽廃したといっても、人の心の移り変わりとお役所の無感覚なまでの取り扱いぶりには、しみじみと情けなくなります。

一時金――といっても今の世には雀の涙ほどの――一つをもらうにも、遺族の人たちはどんなにか面倒な、どんなにか不快な思いの数々を経験しつつあることでしょう。戦争のもたらした罪過の一面がここにもまた悲惨な現実として現われているのです。

呪わしい戦いは終わりました。一年という歳月が経ちました。人々は生活に追われて朝から晩まであくせくと働きますが満足に喰えません。ただ生き延びていくことだけ、そのことだけに精一杯なため、お互いの気の毒な隣人を忘れはててしまっています。遺族や足腰の立たない傷兵を顧みなくなっています。そしてこれらの忘れられた人々は、これからずっと生ける屍のように味気ない人生をただ生きていくに違いありません。

今、「生きていた英霊」になった私は、あの凄惨だった戦場に想いを走らせ、親しかった北條さなえ氏の「戦いに敗れた兵士の歌」の一句一句を味わってみました。

――戦友の声を聞くように……

誰が私を殺したのだ
夜な夜な悲しい亡霊たちが
街から街をさすらってゆく

血みどろの口　さけた胸(むね)
折れたつるぎを振(ふ)りながら
敗れた軍服をひきずって
廃墟(はいきょ)の街をさすらってゆく
　誰(だれ)が私を殺したのだ
　平和な家から呼(よ)びたてて
　あわれな物いえぬけだもののように
　戦いの野にかりたてた
　むじひな苦しい戦いの野へ
　何の故(ゆえ)とはつゆしらず
　あわれな物いえぬけだもののように
誰(だれ)が私を殺したのだ
胸(むね)にひらく傷(きず)を見よ

血潮にけがれた此の手を見よ
きけ天をおおう嘆きの声を
かばねの山にうずもれて
兵士はむなしく死んでゆく
おゝ血潮にけがれたこの手をみよ
　誰が私を殺したのだ
　ふるさとの恥と嘆きの中に横たわる
もはや私は問わずにはいられない
私の妻はうえになき
私の子供らは死んでゆく
胸をおおう一枚の布もなく
おゝもはや問わずにはいられない

（昭和二十一年九月一日）

「傷魂」に思う

「黒沼ユリ子様・恵存」と直筆のサインが残る本書を、一体いつ宮澤先生から頂戴したのかの記憶が、私にはありません。それはおそらく相当に昔のことで、私が次なるコンサートで独奏する曲の練習の方を何よりも優先していた少女時代のことではなかったかしら、とさえ思えるのです。その時は「はしがき」に目を通しただけで「残りはいつかゆっくりと」と考えて、本を閉じてしまったのでしょう。

それから数十年を経た昨年になって、断捨離中の書棚から、いかにも時代を感じさせる古ぼけた表紙の本書を発見しました。何とも先生には失礼千万で申し訳なく、また同時に、自分はこの間の時間を何ともったいないことをして来てしまっていたかに恥入るばかりです……。

「ユリちゃんはヴァイオリンが上手だねぇ」と常に優しい声で激励してくださっていた宮澤先生が、まさかこのように過酷で悲惨な、そして馬鹿げた戦争体験をされておられた方とは、コレまで夢にも私には想像できないことでした。このかけ替えのない文字と行間に詰められた貴重な思いを、後世の日本人に残してくださったことには、感謝以外の言葉を私には何も見つけられません。

人類が創り出した戦争と呼ばれる蛮行と、そのために不可欠な軍隊という上下関係の絶対服従社会の存在という愚かな歴史を、二度と繰り返さないために、本書が持つ否定不可能な説得力は計り知れません。一人でも多くの読者を探し出して、本書に共感と感謝を示す日本人を増やすことこそが、戦地から栄養失調で帰国早々の一九四六年に早くも「忘れないうちに」と、ペンを走らせた先生の勇気とエネルギーへの称賛の証しとなるのではないでしょうか……。

宮澤先生が音楽評論家の一人として、戦後の日本で大活躍をされた功績は周知のことですが、本書を残されたことこそが「宮澤縦一」の名を不朽にしていると確信するのは、決して私ひとりではない筈です。

このたび今日の若い人びとへの必読書として、冨山房インターナショナル社が即座に復刻を決定してくださった英断には、心よりの拍手を送らせていただく次第です。

令和二年五月十二日

黒沼ユリ子

宮澤縱一（みやざわ じゅういち）

1908（明治41）年、東京・浅草生まれ。

音楽評論家。

京都帝国大学法学部卒。在学中にエマヌエル・メッテルに師事。海軍報道部嘱託、内閣情報局芸能科、文部省文化課に勤務。調達芸能審議会委員、音楽ペンクラブ常任委員、ＮＨＫ演出審議委員、音楽コンクール・映画コンクールなどの審査員を歴任。武蔵野音楽大学大学院教授、東京芸術大学大学院・東京音楽大学講師、作陽音楽大学客員教授等を歴任。紫綬褒章（昭和47年）、放送文化賞（昭和47年）。

2000（平成12）年死去。

著書：『ヨーロッパのオペラ』『傷魂』『明治は生きている』『名作オペラ』『ビゼー』『蝶々夫人』『カルメン』『私がみたオペラ名歌手名場面』など。


傷魂（しょうこん）――忘れられない従軍の体験

二〇二〇年 八月 七日 第一刷発行
二〇二〇年十一月二十八日 第三刷発行

宮澤縱一 著

発行者 坂本喜杏
発行所 ㈱冨山房インターナショナル
東京都千代田区神田神保町一-三 〒一〇一-〇〇五一
電話〇三（三二九一）二五七八
URL:www.fuzambo-intl.com
印刷 ㈱冨山房インターナショナル
製本 加藤製本株式会社

ISBN 978-4-86600-079-4 C0095

おなあちゃん
——三月十日を忘れない
多田乃なおこ著

一九四五年三月十日の東京大空襲を体験した少女が、六十年間誰にも言えなかった胸に迫る想いをつづった感動の実話。（一四〇〇円＋税）

泣くのはあした
——従軍看護婦、九五歳の歩跡
大澤重人著

看護婦として日本の旧陸軍と中国の八路軍に従軍した一人の女性の波乱の生涯。数々の苦難をはねのけて生きる姿を描く。（一八〇〇円＋税）

ミャンマーからの声に導かれて
——泰緬鉄道建設に従事した父の生涯
松岡素万子著

「戦場にかける橋」で知られる泰緬鉄道。敵を殺さず、捕虜を虐待しなかった一鉄道兵は、戦後二七回もの慰霊の旅へ出る。（一八〇〇円＋税）

十歳のきみへ
——九十五歳のわたしから
日野原重明著

いのちとは、家族とは、平和とは。若いきみたちに託したいこと。日野原先生が、万感の想いを込めてつづったロングセラー。（一四〇〇円＋税）